A. CONAN DOYLE

Prix : **95** Centimes.

PREMIÈRES AVENTURES

DE

SHERLOCK HOLMES

Ernest FLAMMARION, Éditeur, Paris

A. CONAN DOYLE

PREMIÈRES AVENTURES

DE

SHERLOCK HOLMES

Illustrations de G. DA FONSECA

PARIS

ERNEST FLAMMARION, ÉDITEUR

26, RUE RACINE, 26

L'ESCARBOUCLE BLEUE

E surlendemain de Noël, je passai dans la matinée chez mon ami Sherlock Holmes pour lui souhaiter la bonne année. Il était en costume de chambre, paresseusement étendu sur un sofa ; à portée de sa main, une pipe et une pile de journaux qu'il avait dû lire et relire, tant ils étaient froissés ; un peu plus loin, sur le dossier d'une chaise de paille, un vieux chapeau de feutre tout râpé et bossué. Un microscope et une forme à chapeau, posés sur la chaise elle-même, attestaient que le chapeau avait dû être placé là pour être examiné attentivement.

— Vous me semblez fort occupé, mon cher, dis-je à Holmes, et je crains de vous déranger.

— Non, certes, je suis ravi de pouvoir discuter avec un ami le résultat que je viens d'atteindre : une chose des plus banales du reste, ajouta-t-il, en me montrant du doigt le chapeau râpé ; mais à l'observation, il s'y mêle certaines particularités intéressantes et même instructives.

Je m'assis dans un fauteuil ; il faisait un froid noir, les vitres étaient couvertes de givre et tout en me chauffant les mains au feu qui pétillait dans la cheminée :

— Je suppose, dis-je, que le fait qui vous occupe, quelque simple qu'il paraisse, a trait à un meurtre quelconque et que voilà l'indice au moyen duquel vous découvrirez un mystère et vous punirez un crime.

— Non, non, il ne s'agit pas d'un crime, dit Sherlock Holmes en riant, mais seulement d'un de ces étranges incidents qui se produisent dans les centres où quatre millions d'êtres humains se coudoient sur une surface de quelques kilomètres carrés.

« Le va-et-vient de cet essaim humain si compact, si dense, peut donner naissance, en dehors des crimes, à tous les événements possibles et aux problèmes les plus bizarres, nous en avons eu la preuve plus d'une fois, n'est-il pas vrai ?

— En effet, répondis-je, et parmi les six dernières causes judiciaires que j'ai consignées sur mes notes, trois ont été entièrement exemptes de ce que la loi qualifie du nom de crime.

— Précisément, je vois que vous faites allusion à mes efforts pour rentrer en possession des papiers d'Irène Ader, à la singulière aventure de Miss Mary Sutherland et à l'histoire de l'homme à la bouche de travers. Eh bien ! je suis convaincu que l'affaire en question rentrera dans la catégorie de celles qui n'ont pas de crimes à la clé. Vous connaissez Peterson le commissionnaire?

— Oui.

— Eh bien, c'est à lui qu'appartient ce trophée.

— C'est son chapeau?

— Non, il l'a trouvé. Le propriétaire en est inconnu. Considérez-le, je vous prie, non comme un simple couvre-chef, mais comme un problème intellectuel. Et d'abord que je vous dise comment il se trouve là. Il a fait son entrée ici le matin de Noël, en compagnie d'une bonne oie qui est sans doute en train de rôtir devant le feu de Peterson. Mais je reprends l'histoire à son début.

Vers quatre heures du matin, le jour de Noël, Peterson, un très honnête garçon, vous le savez, revenait de quelque souper et rentrait par Tottenham Court road lorsque devant lui il aperçut, à la lueur d'un bec de gaz, un homme de taille élevée qui marchait d'un pas mal assuré, portant une oie sur son épaule.

Comme il atteignait le coin de Goodge street, une dispute s'éleva entre cet individu et un petit groupe de gamins. L'un de ceux-ci jeta par terre, avec son bâton, qui lui servait d'arme défensive, le chapeau de l'homme, puis lançant le bâton brisa la fenêtre de la boutique qui se trouvait derrière lui.

Peterson se précipita au secours de l'étranger, mais l'homme, effrayé du désastre dont il était cause, et voyant un individu en uniforme s'avancer vers lui, laissa tomber l'oie, prit ses jambes à son cou et disparut dans le labyrinthe de petites rues qui se trouvent derrière Tottenham Court road. Les gamins, de leur côté, avaient fui à l'aspect de Peterson, de sorte qu'il resta maître du champ de bataille et armé des trophées de la victoire sous la forme d'un chapeau bossué et d'une superbe oie de Noël.

— Trophées qu'il a assurément rendus à leur propriétaire.

— Mon cher ami, voilà où est le problème. Il est vrai que l'oie portait attachée à la patte gauche une carte avec l'inscription « Pour Mrs Henry Baker » et que les initiales H. B. sont lisibles au fond de son chapeau ; mais comme il existe quelques milliers de Baker et quelques centaines de Henry Baker dans notre cité, il n'est pas facile de rendre à chacun ce qu'il peut avoir perdu.

— Alors qu'a fait Peterson?

— Il m'a apporté, le matin de Noël, le chapeau et l'oie pour flatter ma manie, car il sait à quel point j'aime à résoudre les problèmes, quelque insignifiants qu'ils paraissent à première vue. Nous avons gardé l'oie jusqu'à ce matin, c'est la dernière limite qu'elle pût atteindre et celui qui l'a trouvée l'a emportée pour lui faire subir la destinée ordinaire de toute oie grasse, tandis que moi j'ai gardé le chapeau de l'inconnu si malencontreusement privé de son dîner de Noël.

— N'a-t-il pas mis des annonces dans les journaux?

— Non.

— Alors, quels indices pouvez-vous avoir sur son identité?

— Pas d'autres que ceux que nous pouvons déduire nous-mêmes.

— De son chapeau?

— Précisément.

— Mais vous plaisantez, que peut vous apprendre ce vieux chapeau bossué?

— Voici ma loupe. Vous connaissez bien mon système. Que pensez-vous de l'homme qui a porté ce chapeau?

Je pris le chapeau et, après l'avoir tourné et retourné dans tous les sens, je me sentis au-dessous de ma tâche. C'était un chapeau melon en feutre dur et très ordinaire, absolument râpé. Il avait été doublé d'une soie rouge qui avait changé de ton. Il ne portait pas le nom du fabricant ; mais, comme l'avait remarqué Holmes, les initiales H. B. étaient griffonnées sur un des côtés. Le bord était percé, pour y adapter un cordon, qui manquait du reste. Enfin, il était fendu et couvert de poussière et de taches qu'on avait essayé de cacher en les badigeonnant d'encre.

L'homme laissa tomber l'oie, prit ses jambes à son cou et disparut...

— Je ne suis pas plus avancé qu'avant mon examen, dis-je en rendant le chapeau à mon ami.

— Vous êtes très observateur, mais vous ne savez pas, au moyen du raisonnement, tirer des conclusions de ce que vous étudiez.

— Alors, dites-moi, je vous en prie, ce que vous pouvez déduire de ce chapeau.

Holmes le ramassa et l'examina avec la pénétration qui était si caractéristique chez lui.

— Il est peut-être moins suggestif qu'il aurait pu l'être, remarqua-t-il, et cependant j'en tire un certain nombre de déductions, dont quelques-unes seulement très claires, d'autres basées sur de sérieuses probabilités. Il est évident que le possesseur de ce chapeau était extrêmement intelligent, et que dans ces dernières années il s'est trouvé dans une situation qui d'aisée est devenue difficile. Il a été prévoyant, mais l'est beaucoup moins aujourd'hui, c'est la preuve d'une rétrogression morale qui, ajoutée au déclin de sa fortune, semble indiquer quelque vice dans sa vie, probablement celui de l'ivrognerie. Ceci explique suffisamment pourquoi sa femme ne l'aime plus.

— Assez, Holmes !

— Il a cependant conservé une certaine respectabilité, continua-t-il, sans paraître avoir entendu mon exclamation. C'est un homme d'âge moyen qui mène une vie sédentaire, sort peu, ne fait aucun exercice. Il graisse avec de la pommade ses cheveux grisonnants qu'il vient de faire couper. Voilà ce que l'observation de ce chapeau m'apprend de plus saillant. Ah ! j'oubliais d'ajouter qu'il n'y a probablement pas de gaz dans la maison qu'habite notre héros.

— Vous plaisantez certainement, Holmes.

— Pas le moins du monde. Comment ! vous n'êtes même pas capable, lorsque je vous mets les points sur les i, de comprendre la manière dont je m'y prends?

— Je ne suis évidemment qu'un sot, tout à fait incapable de vous suivre. Par exemple, comment pouvez-vous savoir que cet homme était intelligent?

Pour toute réponse, Holmes mit sur sa tête le chapeau qui s'enfonça jusque sur ses yeux.

— C'est une simple question de cube : un homme qui a un crâne si volumineux doit avoir des facultés exceptionnelles.

— Et le déclin de sa fortune?

— Ce chapeau date de trois ans; or, à ce moment, ses bords légèrement retournés étaient à la mode. Puis, c'est un chapeau de toute première qualité. Voyez donc le ruban gros grain qui le borde et sa doublure soignée. Si cet homme avait de quoi s'acheter, il y a trois ans, un chapeau de ce prix-là et qu'il n'en ait pas eu d'autres depuis, j'en conclus que sa situation est aujourd'hui moins bonne qu'elle ne l'a été.

— Tout cela paraît assez clair, mais comment expliquerez-vous et sa prévoyance et sa rétrogression morale?

Sherlock Holmes sourit.

— Voici l'explication de sa prévoyance, dit-il, en posant son doigt sur le petit disque et l'anneau destinés au cordon du chapeau, ceci ne se place que sur commande et si cet homme a fait mettre ce cordon par précaution contre le vent, c'est bien la preuve qu'il a une certaine prévoyance. Cependant, je constate que le caoutchouc s'étant cassé, il ne s'est pas donné la peine de le remplacer, d'où j'affirme qu'il a moins de prévoyance maintenant qu'autrefois, preuve d'un affaiblissement de ses facultés. Mais il lui reste encore un certain sentiment de respectabilité parce qu'il a cherché à dissimuler les taches de son chapeau en les barbouillant d'encre.

— Votre raisonnement est fort juste.

— J'ai ajouté qu'il est d'âge moyen, que ses cheveux sont grisonnants, qu'il se les est fait couper récemment et qu'il emploie de la pommade. Vous pourriez vous en convaincre comme moi en examinant de près la partie intérieure de la doublure. La loupe me découvre beaucoup de bouts de cheveux coupés évidemment par un coiffeur. Il s'en dégage une odeur de graisse et ils sont collés ensemble. Enfin cette poussière, loin d'être graveleuse et grise comme celle de la rue, est brunâtre et floconneuse comme celle qu'on soulève dans les maisons; ce chapeau est donc plus souvent accroché que porté; et les traces de moisissure que je remarque à l'intérieur me prouvent que celui qui le portait n'était pas habitué à l'exercice puisqu'il transpirait si facilement.

— Vous avez ajouté que sa femme ne l'aimait plus.

— N'avez-vous pas remarqué que ce chapeau n'a pas été brossé depuis plusieurs semaines. Mon cher Watson, lorsque votre femme vous laissera sortir avec votre chapeau non brossé et que je vous verrai arriver chez moi, j'aurai des doutes sur la bonne entente de votre ménage.

— Votre homme est peut-être célibataire?

— Certainement pas. Il rapportait l'oie comme gage de paix à sa femme. Rappelez-vous donc la corde attachée à la patte de l'oie.

— Vous avez réponse à tout. Où diable voyez-vous maintenant qu'il n'y a pas de gaz dans sa maison?

— Passe encore s'il n'y avait qu'une tache de chandelle, mais lorsque j'en compte au moins cinq, il est bien évident que le personnage en question se sert habituellement de ce mode d'éclairage, et qu'il remonte le soir chez lui, son chapeau d'une main et sa chandelle ruisselante de l'autre. Dans tous les cas, ces taches ne proviennent pas d'un bec de gaz. Etes-vous satisfait?

— C'est fort ingénieux, dis-je en riant, mais puisqu'il n'y a eu ni crime, ni dommage causé, sauf la perte d'une oie, vous avez, ce me semble, bien perdu votre temps.

Sherlock Holmes allait répondre, lorsque la porte s'ouvrit brusquement. Peterson le commissionnaire apparut sur le seuil, les joues empourprées, l'air absolument ébahi.

— L'oie, monsieur Holmes! L'oie, monsieur, prononça-t-il avec effort.

— Eh bien, quoi! Est-elle revenue à la vie et s'est-elle envolée par la fenêtre de la cuisine?

Holmes changea de place afin de mieux observer le jeu de physionomie du visiteur.

— Voyez donc, monsieur, voyez ce que ma femme a trouvé dans le gosier de l'oie.

Et il étendit la main pour me montrer une pierre bleue de la dimension d'un haricot, mais d'une limpidité et d'un éclat tels qu'ils semblaient un point lumineux. Sherlock Holmes se redressa en sifflant.

— Sapristi, Peterson, vous avez fait là une précieuse trouvaille; je suppose que vous savez quelle est cette pierre?

— Une pierre précieuse; un diamant : il entre dans le verre comme dans une pâte !

— Mon cher, c'est plus qu'une pierre précieuse : c'est « la pierre précieuse » !

— Serait-ce par hasard l'escarboucle bleue de la comtesse de Morcar? m'écriai-je.

— Précisément : j'en connaissais et la dimension et la forme par l'annonce que publie journellement le *Times*. C'est un bijou absolument unique dont on ne peut apprécier la valeur, mais il est certain que les mille livres sterling que l'on promet à celui qui le rapportera ne sont pas la vingtième partie de sa valeur marchande.

— Mille livres, grand Dieu !

Et le pauvre commissionnaire tomba sur une chaise, nous regardant l'un après l'autre avec ébahissement.

— Oui; c'est bien la récompense promise, reprit Holmes; j'ai tout lieu de croire qu'un roman se rattache à cette pierre et que la comtesse de Morcar sacrifierait volontiers la moitié de sa fortune pour la retrouver.

— Il me semble, dis-je, que le joyau a été perdu à l'hôtel Cosmopolitain.

— Précisement le 22 décembre, il y a cinq jours de cela. Les soupçons ont porté sur le plombier John Horner qui a été accusé de l'avoir volé dans le coffre à bijoux de la dame. Il y avait tant de présomptions contre lui que l'affaire a été transférée aux assises. Je crois avoir ici une relation de la chose.

Il reprit un à un ses journaux, regardant les dates jusqu'à ce qu'enfin il fût tombé sur le paragraphe suivant :

« *Hôtel Cosmopolitain, vol de bijoux.*

« John Horner, vingt- six ans, est accusé d'avoir volé le 22 courant dans la boîte à bijoux de la comtesse de Morcar le précieux joyau connu sous le nom « d'escar-

James Ryder a témoigné qu'il avait introduit
Horner dans le cabinet de toilette de la comtesse.

boucle bleue ». James Ryder, le maître
d'hôtel, a témoigné qu'il avait introduit
Horner dans le cabinet de toilette de la
comtesse le jour du vol, pour souder la
seconde barre de la grille de la cheminée
qui était brisée. Il était resté quelque
temps avec Horner, mais finalement avait
été appelé au dehors; en revenant, il s'a-
perçut qu'Horner avait disparu, que le
bureau avait été forcé et que la petite
boîte de maroquin, dans laquelle, comme
on le sut plus tard, la comtesse avait
l'habitude de mettre ses bijoux, était vide
sur la table de toilette. Ryder donna
instantanément l'alarme et Horner fut
arrêté le même soir; mais la pierre ne put
être retrouvée ni sur lui ni chez lui. Catherine Cusack, femme de chambre de la
comtesse, déposa qu'elle avait entendu le
cri étouffé de Ryder en découvrant ce vol,
et qu'elle s'était précipitée dans la chambre
où elle avait trouvé les choses telles que
le dernier témoin les avait décrites.
L'inspecteur Bradstreet, de la division B,
témoigne de l'arrestation de Horner qui se
débattit furieusement et protesta de son
innocence dans les termes les plus violents.
Comme on a pu prouver que le prisonnier avait déjà été convaincu de vol, le ma-

gistrat refusa de juger la cause sans enquête préalable et il en référa aux assises.

« Horner, qui avait donné les signes de l'émotion la plus intense, pendant la procédure, s'évanouit au moment du verdict et on fut obligé de l'emporter hors de la salle. »

— Hum ! Voilà pour le tribunal de police, dit Holmes d'un air rêveur en jetant de côté le journal. La question qui nous reste à résoudre est la série d'événements qui s'est déroulée entre une boîte à bijoux dévalisée et le jabot d'une oie trouvée sur la route de Tottenham-Court. Vous voyez, Watson, nos petites déductions ont pris tout à coup un aspect beaucoup plus grave et moins innocent. Voici la pierre; cette pierre a été trouvée dans une oie et l'oie appartenait à M. Henri Baker, le monsieur au vieux chapeau suggestif dont je vous ai tant ennuyé. De sorte que maintenant il faut nous mettre sérieusement à la recherche de cet individu et nous assurer du rôle qu'il a joué dans cette petite énigme. Pour ce, il faut prendre d'abord le moyen le plus simple qui est évidemment une annonce dans les journaux du soir. Si cela ne réussit pas, j'aurai recours à une autre méthode.

— Comment rédigerez-vous cette annonce?

— Donnez-moi un crayon et ce bout de papier. Maintenant : «Trouvé au coin de Goodge street une oie et un chapeau de feutre noir. Ils seront tous deux à la disposition de M. Henry Baker à six heures et demie du soir, Baker street, n° 221 *bis*.» C'est clair et concis, n'est-ce pas?

— Très clair en effet, mais la lira-t-il ?

— Il est probable qu'il regardera les annonces des journaux car, pour un homme peu fortuné, cette perte était importante. Effrayé d'avoir cassé une vitre, affolé par l'approche de Peterson, il n'a pensé tout d'abord qu'à la fuite; mais depuis il a dû regretter beaucoup le premier mouvement qui l'a porté à lâcher sa volaille. Puis la précaution que j'ai eu de mettre son nom n'aura pas été inutile, car tous ceux qui le connaissent éveilleront son attention là-dessus. Dites

donc, Peterson, allez vite à l'agence des annonces et faites insérer celle-ci dans les journaux.

— Dans lesquels, monsieur?

— Oh ! dans le *Globe*, *l'Etoile*, *le Pall-Mall*, *Saint-James' Gazette*, *les Nouvelles du soir*, *le Standard*, *l'Echo* et ceux encore qui vous viendront à l'idée.

— Très bien, monsieur, et la pierre?

— Je la garde, merci. Ah ! j'oubliais, Peterson. Achetez une oie en revenant et déposez-la ici, car il nous en faut une pour ce monsieur à la place de celle que votre famille est en train de dévorer.

Lorsque le commissionnaire fut parti, Holmes prit la pierre et la regardant à contre-jour : « C'est un beau spécimen dit-il. Voyez comme ça brille ! Naturellement c'est une source de crimes comme toutes les belles pierres; elles sont l'appât favori du démon. Dans les bijoux plus gros et plus anciens, chaque facette correspond à un crime. Cette pierre n'a pas encore vingt ans d'existence. Elle a été trouvée sur les rives de la rivière Amoy, au sud de la Chine, et a cette particularité, qu'avec tous les caractères de l'escarboucle elle est d'une teinte bleue, au lieu d'être rouge rubis. En dépit de ses vingt ans d'existence, elle a déjà une sinistre histoire. Ces quarantes carats de charbon cristallisés ont été cause de deux crimes, d'un attentat au vitriol, d'un suicide et de plusieurs vols. Qui croirait qu'un si joli jouet serait pourvoyeur de galères et de prison? Je vais l'enfermer maintenant dans mon coffre-fort et écrire un mot à la comtesse pour lui dire que la pierre est en ma possession.

— Croyez-vous que ce Horner soit innocent?

— Je ne puis le dire.

— Eh bien! alors, pensez-vous que Henry Baker ait été mêlé à cette affaire?

— Je le crois parfaitement innocent; il ne s'est pas douté une seconde de la valeur qu'avait son oie, valeur bien plus grande que si elle eût été d'or massif. Mais s'il répond à notre annonce, je m'en convaincrai vite en le soumettant à une épreuve très simple.

— Et vous ne pouvez rien faire d'ici là?

— Rien.

— Dans ce cas, je vais continuer ma tournée professionnelle; mais je reviendrai dans la soirée à l'heure que vous avez indiquée, car je désire voir la solution d'une affaire si embrouillée.

— Très heureux de vous revoir, mon cher ami. Je dîne à sept heures, j'ai même un faisan, je crois. A propos, ne pensez-vous pas qu'en présence des événements, je devrais dire à Mme Hudson d'examiner le gosier de ce faisan?

Je fus retardé par un malade et il était un peu plus de six heures et demie lorsque je revins dans Baker street. Comme j'approchais de la maison, je vis devant la porte, à la lueur du réverbère, un homme assez grand, coiffé d'une toque écossaise, son paletot boutonné jusqu'au menton. Au moment où je le rejoignais, la porte du 221 s'ouvrit et nous entrâmes ensemble chez Holmes qui se leva aussitôt de son fauteuil pour recevoir son visiteur.

— Vous êtes, je pense, M. Henry Baker, dit-il, avec ce naturel et cette gaîté qu'il se donnait si facilement. Prenez, je vous prie, cette chaise, là, près du feu, monsieur Baker, il fait froid et je remarque que vous n'êtes pas vêtu très chaudement. Ah! Watson, vous êtes venu au bon moment. Est-ce bien votre chapeau, monsieur Baker?

— Oui, monsieur, c'est certainement mon chapeau.

Notre interlocuteur était un homme vigoureux, carré d'épaules, avec une tête massive et une figure large et intelligente, s'amincissant vers le menton que terminait une barbe en pointe, d'un châtain grisonnant. Son nez et ses joues légèrement rouges, un léger tremblement de la main me prouvaient que les soupçons de Holmes, quant à ses habitudes, étaient fort justifiés. Sa redingote d'un noir rouge était boutonnée jusqu'au cou, le col relevé, et, sur les poignets amaigris de notre héros, il n'y avait pas apparence de linge ou de manchettes. La parole de cet homme était lente et saccadée, mais les expressions choisies prouvaient qu'il avait de l'instruction et que, si son apparence était aussi misérable, c'est qu'il avait subi des revers de fortune.

— Nous avons gardé ces objets quelques jours, dit Holmes parce que nous espérions trouver dans les journaux, une annonce de vous nous donnant votre adresse. Je ne puis comprendre pourquoi vous n'avez pas pris ce moyen.

Notre visiteur sourit un peu honteusement.

— Je suis obligé d'économiser beaucoup maintenant, répondit-il. Je ne doutais pas que la troupe de polissons qui m'a assailli n'eût emporté chapeau et volaille. Je ne voulais pas risquer d'argent dans une tentative peut-être infructueuse.

— Très sensé. A propos de cette volaille, nous avons été obligés de la manger.

— De la manger!

Notre visiteur, dans son agitation, se leva de son siège.

— Oui, elle n'aurait profité à personne si nous n'avions pas pris ce parti. Mais en voici une autre, sur le dressoir, qui est à peu près du même poids et parfaitement fraîche, je présume qu'elle remplira le même but.

— Oh! certainement, certainement, répondit M. Baker avec un soupir de soulagement.

— Naturellement nous avons encore les plumes, les pattes, le cou, etc., de votre volaille, de sorte que si vous voulez...

L'homme éclata d'un rire franc.

— Ce seraient des souvenirs de mon aventure, dit-il, mais à part cela, je ne vois pas trop en quoi les *disjecta membra* de mon oie pourraient m'être utiles. Non, monsieur, je crois qu'avec votre permission, je me contenterai de la belle pièce que j'aperçois sur le dressoir.

Sherlock Holmes me jeta un coup d'œil d'intelligence en haussant légèrement les épaules.

— Alors voici votre chapeau et votre oiseau, dit-il. A propos, vous serait-il égal de me dire où vous aviez acheté l'autre oie? Je suis quelque peu amateur de volailles et j'en ai rarement vu une plus grasse.

— Certainement, monsieur, dit Baker qui s'était levé et avait mis sous son bras l'objet retrouvé. Nous sommes, mes amis et moi, des habitués du cabaret de l'Alpha, près du Museum, où nous nous réfugions

dans la journée. Cette année-ci, notre bon cabaretier Windigate institua un comité de l'oie de
Noël, dont le but est de procurer à chacun de
ses membres une oie, le 25 décembre, moyen-
nant une petite cotisation hebdomadaire. J'ai
payé ma part régulièrement, vous savez le reste.
Je vous suis très reconnaissant, monsieur,
de me rendre mon chapeau, car ma toque
écossaise ne convient ni à mon âge ni à
ma dignité.

Et avec un pompeux comique, il nous
salua gravement et prit congé de nous.

— Ceci est à l'avantage de M. Henry
Baker, dit Holmes, lorsque notre visiteur
eut fermé la porte derrière lui. Il est parfaitement certain qu'il n'est pour rien dans
cette affaire. Avez-vous faim, Watson?

— Pas particulièrement.

— Alors, je vous propose de substituer
un souper au dîner et de suivre
cette piste pendant qu'elle est encore
chaude.

— Avec plaisir.

Il faisait très froid; nous revê-
tîmes des ulsters et des cache-
nez. Les étoiles brillaient avec
éclat dans un ciel pur, et l'ha-
leine des passants formait de petits
nuages légers comme ceux
de la poudre. Nos
chaussures

La comtesse avait l'habitude de mettre ses bijoux dans une petite boîte de maroquin.

craquaient et nos pas résonnaient, tandis que nous traversions le quartier du docteur, c'est-à-dire Wimpole street, Harley street et enfin Wigmore street qui nous amena tout droit dans Oxford street. En un quart d'heure, nous eûmes atteint, dans le quartier de Blooms-bury, le cabaret de l'Alpha, situé au coin d'une des rues qui mènent à Holborn. Holmes poussa la porte du bar privé, et s'adressant à un individu en tablier blanc, à la face rubiconde, le cabaretier sans aucun doute, il lui commanda deux bocks.

— Votre bière doit être excellente si elle est aussi bonne que vos oies, lui dit-il.

— Mes oies?

— Oui, je causais, il y a précisément une demi-heure, avec M. Henry Baker qui est un membre de votre comité de Noël.

— Ah! j'y suis. Mais voyez-vous, monsieur, ce ne sont pas nos oies.

— Vraiment! de chez qui viennent-elles alors?

— Eh bien! je les ai achetées à un marchand qui demeure à Covent-Garden.

— Vraiment, j'en connais quelques-uns de ce quartier, lequel est-ce?

— Il s'appelle Breckinridge.

— Ah! celui-là m'est inconnu, répondit Holmes. A votre santé et je souhaite la prospérité à votre maison. Bonsoir!

— En route pour chez Breckinridge, continua-t-il, en boutonnant son paletot, car la bise pinçait.

— Remarquez, Watson, que notre aventure avec une oie à la clé peut se terminer par une condamnation à sept ans de travaux forcés, à moins que nous ne puissions prouver l'innocence de l'inculpé. Il est possible que notre enquête pèse lourdement contre lui, mais nous sommes plus avancés que la police car nous avons une donnée certaine que le plus grand des hasards nous a procurée. Suivons donc cette piste jusqu'au bout et marchons sous le vent

Nous traversâmes Holborn, puis, ayant longé Endell street et un dédale de rues du bas quartier, nous arrivâmes au marché de Covent-Garden. Une des échoppes les plus en vue portait le nom de Breckin-

ridge; et le propriétaire, un homme à la figure intelligente, ornée de longs favoris, avait l'aspect d'un homme de cheval. Au moment où nous l'abordâmes, il aidait un jeune garçon à fermer la boutique.

— Bonsoir! Il fait bien froid en ce moment, dit Holmes.

Le marchand opina de la tête et jeta un coup d'œil interrogateur sur mon compagnon.

— Vous n'avez plus d'oies à vendre, ce me semble, continua Holmes, montrant le comptoir de marbre, absolument dépourvu de marchandise.

— Je vous en procurerai cinq cents demain matin, si vous voulez.

— Ce n'est pas ce que je demande.

— Tenez, si vous en désirez tout de suite, il y en a là-bas dans cette boutique éclairée par un bec de gaz.

— C'est qu'on m'avait spécialement recommandé de m'adresser à vous.

— Qui donc vous a parlé de moi?

— Le cabaretier de l' « Alpha ».

— Oh! oui, je lui ai fourni environ deux douzaines d'oies.

— C'étaient de belles pièces. D'où les tiriez-vous?

A ma grande surprise cette question provoqua une explosion de colère chez le marchand.

— Allons, m'sieu, dit-il, avec sa tête penchée de côté et les poings sur les hanches, où voulez-vous en venir? Pas de détours.

— C'est assez clair. Je désire savoir qui vous a vendu les oies que vous avez fournies à l'Alpha.

— Eh bien! je ne vous le dirai pas, là.

— Oh! cela m'est égal, mais je ne vois pas pourquoi vous vous irritez pour une telle bagatelle?

— Irrité! vous le seriez tout autant si vous étiez embêté comme moi. Quand j'achète une denrée avec de bon argent comptant, il ne devrait plus en être question. Mais ce ne sont plus que : « Où sont les oies? à qui avez-vous vendu vos oies? et que valent vos oies? » Le public est si occupé de ces oies qu'on croirait, ma parole, qu'il n'en existe pas d'autres au monde.

— Eh bien! moi je n'ai aucune relation avec les gens qui ont pu faire une enquête,

Breckinridge, encadré par la porte, montrait furieusement le poing...

dit Holmes avec indifférence. Si vous ne voulez pas me répondre, le pari est manqué. Mais je suis toujours prêt à soutenir mon opinion en matière de volailles et j'ai parié cinq francs que cette oie avait été élevée à la campagne.

— Eh bien ! monsieur, vous avez perdu votre pari, car elle a été élevée à la ville, dit notre marchand d'un ton bourru.

— Je n'en crois pas un mot.

— Vous avez tort.

— Vous ne me convaincrez pas.

— Croyez-vous donc que vous en sachiez plus long que moi sur un commerce que je fais depuis mon enfance ? Je vous dis que les oies vendues à l'« Alpha » ont été élevées à la ville.

— Vous ne me persuaderez jamais.

— Voulez-vous parier alors ?

— C'est vous prendre votre argent dans votre poche, car je sais ce que je dis et je suis sûr d'avoir raison ; mais je parierais volontiers une livre, ne serait-ce que pour vous apprendre à ne pas être têtu.

Le marchand ricana d'un air contraint.

— Apportez-moi les livres, Bill, dit-il.

Le jeune garçon apporta deux livres : un petit, très mince, et un autre plus volumineux, au dos graisseux ; il les étala sur le comptoir sous le bec de gaz.

— Eh bien ! monsieur l'obstiné, dit le marchand, je croyais n'avoir plus d'oies dans ma boutique, mais dans un instant je vous prouverai qu'il y en a une devant moi. Vous voyez ce petit livre ?

— Eh bien !

— Il renferme la liste des gens à qui j'achète mes volailles. Y êtes-vous ? Ensuite, sur cette page, il y a la liste des gens de la campagne et les numéros à la suite de leurs noms indiquent la page de leur compte sur le grand livre. Maintenant, vous voyez cette autre page écrite au crayon rouge ? C'est la liste de mes fournisseurs de la ville. Regardez le troisième nom, lisez-le tout haut, je vous prie.

— Mʳˢ Oakshott, 117, Brixton road, 249, lut Holmes.

— Parfaitement, reportez-vous maintenant au grand livre.

Holmes ouvrit à la page indiquée.

— Nous y voici. Mʳˢ Oakstott, 117,

Brixton road, fournisseur d'œufs et de volailles.

— Quelle est la dernière fourniture ?

— 22 décembre. Vingt-quatre oies à sept shillings six pence.

— Parfaitement, vous y êtes ; et en dessous ?

— Vendues à M. Windigate de l'Alpha, à douze shillings.

— Qu'avez-vous à dire maintenant ?

Sherlock Holmes avait l'air très profondément chagrin. Il tira une livre de sa poche et la jeta sur la table de marbre, en se retirant de l'air d'un homme trop furieux pour parler. A quelques mètres plus loin il s'arrêta sous un réverbère pour rire tout à son aise mais silencieusement, selon son habitude.

— Lorsque vous rencontrerez un homme avec cette coupe de favoris et dans sa poche un grand mouchoir à carreaux, vous pouvez toujours en tirer ce que vous voulez au moyen d'un pari, me dit-il. Je suis persuadé que si j'avais mis cent livres sous les yeux de cet homme, il ne m'aurait pas donné de renseignements aussi complets que ceux que je lui ai arrachés lorsqu'il a cru faire une gageure. Eh bien ! maintenant, Watson, je crois que nous approchons de la fin de notre enquête et le seul point qui reste à déterminer est si nous devons aller chez cette Mᵐᵉ Oakshott ce soir ou si nous devons réserver cette visite pour demain. Il est clair, d'après ce maussade individu, que d'autres gens s'intéressent à cette affaire et je voudrais...

Sa réflexion fut subitement interrompue par un grand vacarme partant de la boutique que nous venions de quitter. Nous étant retournés, nous vîmes le spectacle suivant : Breckinridge encadré par la porte montrait furieusement le poing à un individu petit de taille et dont la figure de fouine était mal éclairée par la lumière jaunâtre de la lampe suspendue.

— Je suis excédé de vous et de vos oies, cria-t-il. Allez au diable ! Et si vous continuez à m'embêter, je mettrai mon chien à vos trousses. Amenez donc ici Mᵐᵉ Oakshott et je saurai lui répondre ; mais en quoi cela vous regarde-t-il, après tout ? Est-ce à vous que j'ai acheté les oies ?

— Non, mais il y en avait une qui m'appartenait tout de même, gémit le petit homme.

— Eh bien! réclamez-la à Mme Oakshott.

— Elle m'a dit de vous la demander.

— Eh bien! demandez-la au roi de Prusse, pour ce que je m'en fiche. J'en ai assez. Filez.

Et il s'avança furieux vers son interlocuteur, qui disparut dans l'obscurité.

— Ho! Ho! ceci peut nous éviter une visite à Brixton-road, murmura Holmes. Suivez-moi, et nous allons voir ce qu'il y a à tirer de cet individu.

Se faufilant à grands pas à travers les groupes de flâneurs, mon compagnon rejoignit vite le petit homme et le toucha à l'épaule. Celui-ci pivota rapidement sur lui-même et je remarquai qu'il était devenu blême.

— Qui êtes-vous donc, et que voulez-vous? demanda-t-il d'une voix tremblante.

— Vous m'excuserez, dit Holmes mielleusement, mais je n'ai pu m'empêcher d'entendre les questions que vous avez faites tout à l'heure au marchand d'oies. Je crois pouvoir vous renseigner.

— Vous! Qui êtes-vous, et comment pouvez-vous savoir quoi que ce soit de cette affaire?

— Je m'appelle Sherlock Holmes et si je sais ce que d'autres ignorent, cela ne vous regarde pas.

— Mais vous ne savez rien de ceci.

— Excusez-moi, je sais tout. Vous cherchez à retrouver ce que sont devenues quelques oies vendues, par Mme Oakshott, de Brixton road, à un marchand nommé Breckinridge, par lui ensuite à M. Windigate, de l'Alpha, et par lui, à son tour, au comité dont fait partie M. Henry Baker.

— Oh! monsieur! vous êtes précisément l'individu que je cherche, s'écria le petit homme, en agitant fiévreusement les mains. Je ne puis vous dire combien cette affaire me tient à cœur.

Sherlock Holmes héla un fiacre qui passait.

— Dans ce cas nous ferons mieux de discuter dans une bonne pièce confortable, plutôt que dans ce marché ouvert à tous les vents, objecta Sherlock Holmes. Mais je vous en prie, dites-moi, avant d'aller plus loin, qui j'ai le plaisir de renseigner.

L'homme hésita un instant.

— Je m'appelle John Robinson, répondit-il en jetant un regard de côté.

— Non, non, votre vrai nom, dit Holmes aimablement. C'est toujours gênant de s'occuper d'une affaire sous un faux nom.

Le sang afflua aux joues blafardes de l'étranger.

— Eh bien! alors, dit-il, mon vrai nom est James Ryder.

— Précisément, premier maître d'hôtel à l'hôtel Cosmopolitain. Entrez dans le fiacre, je vous prie, et je vous dirai bientôt tout ce que vous désirez savoir.

Le petit homme était là immobile, jetant des regards obliques à chacun de nous avec des yeux où on pouvait lire tour à tour l'effroi et l'espoir. Il me faisait l'effet de quelqu'un qui ne sait pas s'il doit s'attendre à une aubaine ou à une catastrophe. Il se décida enfin à monter dans le fiacre. Une demi-heure après, nous étions revenus dans le salon de Baker street. Nous n'avions pas proféré une parole pendant le trajet; mais la respiration bruyante et courte de notre nouveau compagnon et la manière dont il croisait et décroisait ses mains, prouvaient combien ses nerfs étaient tendus.

— Nous voici arrivés, dit Holmes gaiement, comme nous entrions dans le salon. Le feu est bien de saison aujourd'hui. Vous avez l'air gelé, monsieur Ryder. Je vous en prie, prenez ce siège d'osier. Je vais, si vous le permettez, mettre mes pantoufles avant de m'occuper de votre petite affaire. Allons, je suis à vous maintenant. Vous voulez savoir ce que sont devenues les oies?

— Oui, monsieur.

— Ou plutôt, je suppose, cette oie. Je pense que vous vous intéressez à un de ces volatiles particulièrement, une oie blanche avec une ligne noire en travers de la queue.

Ryder tremblait d'émotion.

— Oh! monsieur, cria-t-il, pouvez-vous me dire ce qu'elle est devenue?

— Je l'ai ici même.

— Ici?

— Oui. C'était une oie des plus remarquables, du reste, et je ne m'étonne pas que vous vous intéressiez tout spécialement à elle. Elle a pondu, après sa mort, le plus joli, le plus étincelant petit œuf bleu qu'on ait jamais vu. Je l'ai déposé là dans mon musée.

Notre visiteur chancela sur ses pieds et s'accrocha de la main droite à la cheminée.

Holmes ouvrit son coffre-fort et exhiba l'escarboucle bleue qui brillait de mille feux éclatants.

Et je sentis la pierre qui descendait dans son jabot

Ryder était là, debout, la figure contractée, fixant la pierre précieuse et ne sachant pas s'il devait la réclamer ou non.

— C'est assez de comédie, Ryder, dit Holmes avec calme. Allons, redressez-vous ou vous allez tomber dans la cheminée. Aidez-le donc à se rasseoir, Watson. Il n'est pas encore assez corrompu pour commettre le crime impudemment. Donnez-lui donc quelques gouttes d'eau-de-vie pour le remonter. Bien. Maintenant il a l'air un peu plus homme. Vrai, quel avorton !

Notre héros était en effet sur le point de se trouver mal, mais l'eau-de-vie ramena un peu de couleur à ses joues et il s'assit, regardant son interlocuteur avec des yeux hagards.

— Je tiens l'enchaînement de cette affaire et toutes les preuves à l'appui, de sorte qu'il vous reste peu de choses à m'apprendre, continua Holmes. Malgré cela, autant vaut que vous acheviez de m'éclaircir afin de rendre mon enquête complète. Vous connaissiez, Ryder, l'existence de cette pierre bleue de la comtesse de Morcar ?

— C'est Catherine Cusack qui m'en a parlé, dit-il d'une voix rauque.

— Je comprends, la femme de chambre de la comtesse. Alors vous n'avez pas su résister à la tentation de faire fortune d'un seul coup et si facilement ; vous avez cela de commun, du reste, avec beaucoup de gens qui valent mieux que vous. Mais vous n'avez pas été très scrupuleux dans les moyens que vous avez employés. Il me semble, Ryder, qu'il y a en vous l'étoffe d'un parfait coquin. Vous saviez que ce plombier, Horner, avait été compromis déjà dans une affaire de ce genre et que les soupçons se porteraient plus facilement sur lui. Qu'avez-vous fait alors ? Vous avez détérioré quelque chose dans la chambre de la dame, vous et votre complice Cusack, et vous vous êtes arrangés pour qu'on envoyât chercher précisément cet homme. Puis, lorsqu'il a été parti, vous avez dévalisé la boîte à bijoux ; vous avez ensuite donné l'éveil et fait arrêter ce malheureux. Alors... vous avez...

Ryder se jeta subitement par terre et saisissant les genoux de mon camarade :

— Pour l'amour de Dieu, ayez pitié

de moi ! cria-t-il. Pensez à mon père, à ma mère. Cela leur briserait le cœur. Je n'ai encore jamais fait de mal. Je vous jure de ne pas recommencer. Je le jure sur la Bible. Je vous en supplie, ne me traduisez pas devant les tribunaux. Pour l'amour du Christ, ne le faites pas.

— Rasseyez-vous, dit Holmes sévèrement. Il vous sied de faire tout à coup le chien couchant et de ramper, lorsque vous n'avez pas eu une pensée pour ce pauvre Horner qui est au banc des accusés pour un crime dont il n'est nullement coupable.

— Je fuirai, monsieur Holmes. Je quitterai le pays. Alors l'accusation portée contre lui tombera d'elle-même.

— Hum ! nous en reparlerons. Et maintenant je veux entendre le récit vrai du fait suivant : comment la pierre a-t-elle été avalée par une oie? et comment cette oie a-t-elle été apportée au marché? Dites la vérité, c'est votre seule planche de salut.

Ryder passa sa langue sur ses lèvres déssechées.

— Je vais vous raconter la chose telle qu'elle s'est passée, monsieur, dit-il.

« Lorsque Horner eut été arrêté, il me sembla préférable de me débarrasser de la pierre sur l'heure, car je ne savais pas à quel moment la police aurait l'idée de faire une enquête sur moi et dans ma chambre. Il n'y avait aucun endroit sûr dans l'hôtel. Je sortis sous prétexte de faire une commission et j'allai chez ma sœur. Elle a épousé un homme nommé Oakshott et demeure à Brixton road où elle engraisse des oies pour les vendre au marché. Tout le long du chemin, les hommes que je rencontrais me semblaient être des agents de police ou des détectives et, quoique la nuit fût froide, les gouttes de sueur perlaient sur mon front. Ma sœur me demanda pourquoi j'étais si pâle; je lui dis que j'avais été bouleversé par un vol de bijoux à l'hôtel. Puis j'allai dans la cour derrière la maison et, tout en fumant une pipe, je cherchai à quel parti m'arrêter.

« J'ai eu autrefois pour ami un nommé Maudsley qui a mal tourné depuis, et qui vient de faire de la prison à Pentonville. Je l'avais rencontré un jour et nous avions parlé par hasard des trucs des filous et de la manière dont ils savent se débarrasser de ce qu'ils ont volé. Je savais que je pouvais avoir confiance en lui, car j'étais au courant d'une ou deux de ses histoires; je me décidai donc à aller le trouver chez lui, à Hilburn, et à lui demander conseil, convaincu qu'il me dirait le moyen de faire de l'argent avec ce bijou précieux. Mais comment arriver chez lui sans encombre? Car enfin j'avais sué sang et eau pour venir de l'hôtel chez ma sœur. A tout instant je pouvais être pris par la police et fouillé. Or la pierre se trouvait dans la poche de mon gilet ! J'en étais à ce moment de mes réflexions, appuyé contre le mur et regardant distraitement les oies qui se dandinaient autour de moi, lorsqu'il me vint une idée qui devait me permettre de damer le pion au meilleur détective.

« Ma sœur m'avait dit quelques semaines auparavant que je pouvais me choisir une oie, pour Noël, parmi les siennes, et je savais qu'elle tenait toujours parole. Je n'avais donc qu'à prendre mon oie maintenant et en lui faisant avaler ma pierre, je pourrais me transporter sans danger à Hilburn. Il y avait un petit abri dans la cour, derrière lequel j'emmenai un des volatiles que j'avais choisi parmi les plus gros. Il était blanc avec une queue traversée d'une raie noire. Je le saisis et lui ouvrant le bec je lui introduisis la pierre dans le gosier, aussi loin que mon doigt put atteindre L'oiseau eut un soubresaut et je sentis la pierre qui descendait dans son jabot; mais à ce moment l'animal se mit à battre des ailes et ma sœur, attirée par le bruit, arriva dans la cour. Je me retournai pour lui parler, et pendant ce temps-là l'oie m'échappa et se mêla aux autres.

— Qu'est-ce que tu faisais donc à cette bête, Jacques? dit-elle.

— Ne m'as-tu pas promis une oie pour Noël? Je les palpais pour tâcher de choisir la plus grosse.

— Oh ! répondit-elle, nous avons mis la tienne de côté; nous l'appelons l'oiseau de Jacques. C'est la grosse blanche que tu vois là-bas. Il y en a vingt-six : une pour toi, une pour nous et deux douzaines pour le marché.

— Merci, Maggie, lui dis-je, mais si cela ne te fait rien, j'aimerais mieux avoir celle que je tenais tout à l'heure.

— L'autre pèse au moins trois livres de plus, nous l'avons engraissée exprès pour toi.

— Peu importe, je veux l'autre et je désire l'emporter maintenant, dis-je.

— A ton aise, répliqua-t-elle avec humeur. Laquelle veux-tu, alors?

— Cette blanche qui a la queue traversée d'une barre et qui est là au milieu du troupeau.

— Oh! très bien, tue-la et emporte-la.

« Je ne me fis pas prier, monsieur Holmes, et j'emportai l'oiseau à Hilburn. Je racontai à mon complice ce que j'avais fait, car il était homme à écouter avec intérêt une histoire comme celle-là. Il en rit à en pleurer; nous prîmes un couteau et nous ouvrîmes l'oie. Mais mon sang se figea dans mes veines, lorsque je ne trouvai pas trace de pierre dans l'intérieur de l'animal. J'avais donc commis une terrible erreur.

« Je retournai au plus vite chez ma sœur et je me précipitai dans l'arrière-cour. Il ne restait plus une seule oie!

— Où ont-elles donc passé, Maggie? m'écriai-je.

— Elles sont chez le marchand.

— Quel marchand?

— Breckinridge, de Covent Garden.

— Mais y en avait-il une autre avec la queue barrée?

— Oui, Jacques, et je n'ai jamais pu les distinguer l'une de l'autre.

« Alors je compris tout et je courus, aussi vite que mes pieds purent me porter, chez ce Brickinridge; mais il avait tout vendu en bloc et il refusait de me dire à qui. Vous l'avez entendu vous-même, ce soir. Eh bien! il m'a toujours répondu aussi aimablement. Ma sœur pense que je deviens fou. Quelquefois, je le crois aussi moi-même. Et maintenant me voilà un voleur qualifié sans avoir même joui de la fortune à laquelle j'ai sacrifié mon honneur. Dieu ait pitié de moi! »

Il éclata en sanglots et cacha son visage dans ses mains.

Un long silence suivit ce récit, silence coupé seulement par la respiration haletante de notre interlocuteur et le tapotement régulier des doigts de Holmes sur le bord de la table. Puis, mon ami se leva et ouvrit la porte.

— Sortez, dit-il.

— Quoi, monsieur? Que le ciel vous bénisse!

— Plus un mot. Sortez.

Il n'y eut pas une parole : un bond, une dégringolade, une porte se fermant violemment, des pas rapides; puis, tout rentra dans le silence.

— Après tout, Watson, dit Holmes, en prenant sa pipe de terre, je ne suis pas engagé par la police pour suppléer à son insuffisance. Si Horner était en danger, ce serait une autre affaire, mais cet individu ne se présentera pas contre lui, et l'accusation doit tomber d'elle-même. Et en supposant que je favorise un criminel, je sauve peut-être une âme. Cet homme ne commettra plus de vol. Il a eu trop peur. S'il était condamné au bagne maintenant, il deviendrait un gibier de potence plus tard. De plus, c'est la saison du pardon. Le hasard a mis sur notre route un problème des plus singuliers et des plus capricieux, et le seul fait de l'avoir résolu est une satisfaction. Si vous voulez avoir la bonté de sonner, docteur, nous allons commencer une nouvelle investigation dans laquelle un oiseau figure aussi comme agent principal.

AVENTURE DE LA BANDE MOUCHETÉE

EN parcourant mes notes sur les soixante-dix causes curieuses, au cours desquelles j'ai étudié huit années durant la manière de procéder de mon ami Sherlock Holmes, j'en trouve beaucoup de tragiques, quelques-unes de comiques, un grand nombre de simplement étranges; mais pas une n'est banale, et cela tient à ce que, travaillant plutôt par amour de l'art que pour gagner de l'argent, il ne commençait jamais une enquête qui ne sentît le bizarre et même le fantastique. De toutes ces affaires diverses, je n'en trouve cependant aucune qui présente plus d'originalité que celle qui touche à une famille bien connue du Surrey : les Roylott de Stoke Moran.

Les événements que je vais relater ici se déroulèrent au commencement de mon intimité avec Holmes, lorsque, célibataires tous deux, nous logions ensemble, dans Baker street. J'aurais pu les publier plus tôt, si je n'avais promis le secret, et je n'ai été relevé de ma parole que le mois dernier par la mort inattendue de celle à qui je l'avais donnée. Le moment est venu de faire connaître ces faits, car j'ai appris de source certaine qu'il s'est répandu sur la mort du docteur Grimesby Roylott des bruits qui tendraient à rendre l'affaire encore plus grave qu'elle n'a été en réalité.

C'était au commencement d'avril 1883 que, me réveillant un matin, je trouvai Sherlock Holmes, tout habillé, auprès de mon lit. Il n'était pas matinal d'habitude, et comme l'horloge sur la cheminée marquait seulement sept heures un quart, je le regardai avec surprise et un tant soit peu de ressentiment, pour m'avoir troublé dans mon sommeil, moi, homme maniaque.

— Très fâché de vous réveiller, Watson, mais nous en sommes tous là ce matin; Mme Hudson a donné le branle et ayant été tirée brusquement hors de son lit, elle s'est vengée sur moi, et moi sur vous.

— Qu'y a-t-il donc? le feu?

— Non, une cliente, une jeune fille qui s'est présentée chez moi dans un état d'agitation extrême, et qui insiste pour me voir. Elle attend au salon. Or, quand des jeunes filles courent la métropole à cette heure-ci, et font lever des gens qui ont encore sommeil, j'en conclus qu'elles ont quelque chose de très pressant à communiquer. Si elle nous apporte une affaire intéressante à étudier, vous voudrez, j'en suis sûr, la suivre dès le début. J'ai donc l'idée de vous réveiller afin de ne pas vous laisser perdre cette occasion.

— Mon cher, je serais désolé de la manquer. »

Rien ne me passionnait davantage que de suivre Holmes dans ses investigations professionnelles, et d'admirer les déductions rapides et aussi intuitives que rapides, au moyen desquelles il démêlait les problèmes qui lui étaient soumis. Je m'habillai rapidement, et au bout de quelques minutes j'avais rejoint mon ami au salon.

Nous nous trouvâmes en présence d'une dame, vêtue de noir, avec un voile épais sur le visage ; en nous voyant elle se leva du siège qu'elle avait choisi près de la fenêtre.

— Bonjour, madame, dit Holmes, cordialement. Je m'appelle Sherlock Holmes, et voici le docteur Watson, mon ami intime et mon associé devant qui vous pouvez parler aussi librement que devant moi. Ha ! je suis bien aise de voir que Mme Hudson a eu le bon esprit de faire du feu. Ayez la bonté de vous en approcher, et je vais vous commander une tasse de café chaud car je vois que vous grelottez.

— Ce n'est pas de froid que je tremble, dit la femme à voix basse, en changeant de place.

— De quoi donc ?

— C'est de peur, monsieur Holmes, je dirai même d'effroi. »

A ces mots elle leva son voile, et nous pûmes voir qu'elle était en effet dans un état d'agitation pitoyable : ses traits étaient tirés, sa peau livide, ses yeux inquiets, effrayés, hagards comme ceux d'une bête traquée. Son extérieur était celui d'une femme de trente ans, mais avec des cheveux gris prématurés, et une expression de grande lassitude. Sherlock vit tout cela d'un de ses coups d'œil rapides et pénétrants.

« N'ayez pas peur, dit-il d'un ton affectueux, en se penchant vers] elle et lui touchant le bras ; nous allons éclaircir cela rapidement, j'en suis sûr. [Il me semble que vous êtes venue par le train.

— Vous me connaissez donc ?

— Non, mais je vois votre billet de retour dans votre gant gauche. Vous avez dû partir de bonne heure et vous avez fait une longue route en dog-cart, par de mauvais chemins, avant d'arriver à la station.

Elle sursauta et, stupéfaite, regarda mon compagnon.

— Il n'y a là aucun mystère, chère madame, dit-il en souriant. La manche de votre jaquette est tachée de boue en sept endroits ; les marques en sont encore fraîches ; il n'y a qu'un dog-cart pour éclabousser de cette manière ; surtout lorsqu'on est assis à la gauche du conducteur.

— Quelle que soit votre méthode de raisonnement, vous êtes tombé juste, dit-elle. J'ai quitté la maison avant six heures, je suis arrivée à Leatherhead à six heures vingt, et à Waterloo par le premier train. Monsieur, je ne puis plus y tenir, je deviendrai folle si cela continue. Je n'ai personne à qui m'adresser, personne absolument, et la seule personne qui s'intéresse à moi, un jeune homme, ne peut m'être que d'un faible secours. J'ai entendu parler de vous, monsieur Holmes, par Mme Farintosh que vous avez aidée dans une circonstance difficile. C'est par elle que j'ai eu votre adresse. Oh ! monsieur, pensez-vous que vous puissiez m'aider, moi aussi, et au moins jeter quelque lumière dans le chaos qui m'environne ? A présent, je ne saurais vous rémunérer de vos services, mais dans un mois ou deux je serai mariée, je pourrai disposer de ma fortune et alors vous verrez que je ne suis pas une ingrate. »

Holmes se tourna vers son bureau et en tira un carnet qu'il consulta.

— Farintosh, dit-il. Ah ! oui je me rappelle l'affaire ; c'était au sujet d'une tiare d'opales. Je crois que ce n'était pas de votre temps, Watson. Je puis vous assurer madame, que je serai heureux de me consacrer à votre affaire comme je l'ai fait pour celle de votre amie. Ne parlons pas d'honoraires, je vous en prie, ma profession porte avec elle sa récompense; je vous laisse libre de me rembourser les dépenses que j'aurai pu faire, quand cela vous conviendra. Et maintenant, je vous demande d'exposer votre affaire sans omettre aucun détail qui puisse nous éclairer.

— Hélas, répondit notre visiteuse, l'horreur de ma situation vient de ce que mes craintes sont si va-

gues et mes soupçons fondés sur des bases si faibles, je dirai même si puériles, que celui-là même à qui j'ai le droit de demander aide et conseil les considère comme des imaginations de femme nerveuse. Il ne le dit pas, mais je le devine à ses réponses consolantes et à ses regards plein de pitié. Mais on m'a dit, monsieur Holmes, que vous saviez lire au fond du cœur humain; vous pouvez peut-être me donner un conseil en présence des dangers qui me menacent.

— Je suis tout attention, madame.

— Je m'appelle Hélène Stoner, et je vis chez mon beau-père, le dernier rejeton d'une des plus vieilles familles saxonnes d'Angleterre, les Roylott de Stoke Moran, famille fixée sur les confins ouest du Surrey.

Holmes fit un signe de tête : « Le nom m'est familier, » dit-il.

— Cette famille

Il assomma son maître d'hôtel indien.

fut à un moment donné parmi les plus riches d'Angleterre, et ses possessions s'étendaient jusque dans le Berkshire au nord, et le Hampshire à l'ouest. Mais, au siècle dernier, se succédèrent quatre générations de prodigues et de débauchés, et la ruine de la maison fut consommée par un joueur sous la Régence. Il ne resta rien de leurs terres, sauf quelques acres de terrains et la maison vieille de deux cents ans, qui est elle-même hypothéquée autant qu'elle peut l'être. Le dernier possesseur y traîna sa misérable existence de noble ruiné ; mais son fils unique, mon beau-père, se rendit compte qu'il fallait se tirer de là, obtint d'un parent une avance de fonds pour faire des études médicales et partit pour Calcutta où, grâce à son habileté professionnelle et à sa force de caractère, il se créa une belle clientèle. Dans un mouvement de colère, causé par un vol qui avait été commis chez lui, il assomma son maître d'hôtel indien, et peu s'en fallut qu'il ne fût condamné à mort. Il fit plusieurs années de prison et revint en Angleterre morose et aigri.

« Pendant que le Dr Roylott était aux Indes, il avait épousé ma mère, Mme Stoner, la veuve encore jeune du major général Stoner, de l'artillerie du Bengale. Ma sœur Julia et moi, nous étions jumelles, et nous n'avions que deux ans lors de ce second mariage de ma mère. Elle était riche, mille livres sterling de rente, et elle légua sa fortune au Dr Roylott, afin qu'il nous gardât chez lui et à condition qu'il fît à chacune de nous, en cas de mariage, une rente qu'elle détermina. Peu de temps après notre retour en Angleterre, ma mère mourut, tuée dans un accident de chemin de fer près de Crewe il y a huit ans de cela environ. A partir de ce moment le Dr Roylott ne fit plus aucun effort pour se créer une clientèle à Londres et il nous emmena avec lui dans la vieille maison de Stoke Moran. La fortune que ma mère avait laissée suffisait amplement à tous nos besoins et il ne semblait pas qu'il pût y avoir d'obstacle à notre bonheur.

« Mais tout à coup le caractère de notre beau-père changea terriblement. Au lieu de se faire des amis et d'échanger des visites avec nos voisins qui avaient d'abord été enchantés de voir un Roylott de Stoke Moran installé de nouveau dans la vieille demeure de famille, il s'enferma chez lui, et ne sortit guère que pour se quereller férocement avec quiconque se trouvait sur sa route. Une violence de caractère voisine de la folie était du reste chose héréditaire chez les hommes de sa famille, et chez mon beau-père cette disposition avait été, je pense, accrue par son long séjour sous les tropiques. Il se produisit des rixes déplorables qui le firent traduire deux fois en police correctionnelle ; il devint la terreur du village et les gens s'enfuirent à son approche, car il est excessivement fort et ne se possède plus quand il est en colère.

« La semaine dernière, il jeta le forgeron par-dessus un parapet dans la rivière, et je n'ai pu éviter un scandale public qu'en donnant à la victime tout l'argent que j'ai pu réunir. Il n'a aucun ami, excepté les bohémiens : il permet à ces vagabonds de camper sur quelques acres de terre couverts de ronces qui sont la seule propriété de la famille, et accepte en retour l'hospitalité sous leurs tentes, voyageant même avec eux pendant des semaines entières. Il a aussi une passion pour certaines bêtes indiennes qui lui sont envoyées par un correspondant, et il a dans ce moment-ci une panthère et un babouin qui se promènent en liberté, et sont redoutés des villageois presque autant que leur maître.

« Vous jugerez par tout ceci que ma pauvre sœur Julia et moi n'avions pas grand agrément dans la vie. Nous ne pouvions garder aucun domestique et pendant longtemps nous avons dû nous servir nous-mêmes. Ma sœur n'avait que trente ans quand elle est morte, et pourtant ses cheveux avaient commencé à blanchir, tout comme les miens.

— Votre sœur est morte ?

— Oui, il y a juste deux ans de cela, et c'est de sa mort que je veux vous parler. Vous comprenez que, menant la vie que je vous ai décrite, il se présentait peu d'occasions de voir des gens de notre âge et de notre monde. Nous avions pourtant une tante, sœur non mariée de ma mère,

Elle resta un certain temps à bavarder.

Mlle Honoria Westphail, qui demeure
auprès de Harrow, et nous obtenions de
temps en temps la permission de lui faire
une courte visite. Julia y passa les fêtes
de Noël, il y a deux ans, et y rencontra
un major de la flotte en demi-solde, avec
qui elle se fiança. Mon beau-père apprit
cet arrangement au retour de ma sœur,
et ne fit pas d'objections au mariage;
mais une quinzaine avant le jour fixé
pour la cérémonie, se déroula le terrible
drame qui m'a privé de ma seule compagnie.

Sherlock Holmes était resté appuyé
au dossier de sa chaise, les yeux fermés,
et la tête renversée sur un coussin; mais
à ce moment il entr'ouvrit les yeux, et
jeta un regard vers sa cliente.

— Soyez assez bonne pour donner des
détails très précis, dit-il.

— Cela m'est facile, car chaque minute de cette épouvantable nuit est gravée
dans ma mémoire. L'habitation est, comme
je l'ai dit, très ancienne, et une seule des
ailes est habitée. Les chambres à coucher
se trouvent au rez-de-chaussée, les salons
dans le pavillon central. La première
chambre est celle du docteur Roylott,
la seconde était celle de ma sœur, la troisième est la mienne. Elles ne communiquent pas, mais donnent toutes sur le
même corridor. Me fais-je bien comprendre?

— Parfaitement.

— Les fenêtres de ces trois pièces ouvrent sur la pelouse. Dans cette nuit fatale, où mourut ma sœur, le docteur Roylott s'était retiré de bonne heure, mais sans se coucher, car Julia se trouva tout à coup incommodée par l'odeur de forts cigares indiens qu'il avait l'habitude de fumer. Elle quitta donc sa chambre et vint chez moi, où elle resta un certain temps à bavarder sur son mariage. A onze heures, elle se leva pour partir, mais s'arrêtant à la porte :

« — A propos, Hélène, me dit-elle, as-tu jamais entendu siffler au milieu de la nuit?

« — Jamais, répondis-je.

« — Je suppose qu'il te serait impossible de siffler en dormant, n'est-ce pas?

« — Assurément, mais pourquoi?

« — Parce que, ces dernières nuits, j'ai toujours, vers les trois heures du matin, entendu un sifflement faible, et cependant distinct. J'ai le sommeil très léger, et cela m'a réveillée. Je ne puis me rendre compte d'où cela vient, de la chambre voisine ou de la pelouse. Je voulais savoir si tu l'avais aussi entendu, ce sifflement.

« — Non. Ce sont probablement ces maudits bohémiens dans le parc.

« — Cela se pourrait. Et pourtant, si c'est sur la pelouse, il est étonnant que tu n'aies pas perçu ce son tout comme moi.

« — Ah! mais je n'ai pas le sommeil aussi léger que toi.

« — Oh! cela n'a pas grande importance, du reste, » ajouta-t-elle en souriant. Puis elle me quitta et, un instant après, je l'entendis fermer sa porte à clef.

— Vraiment, dit Holmes, était-ce votre habitude de fermer ainsi votre porte la nuit?

— Toujours.

— Et pourquoi?

— Je crois vous avoir dit que le docteur avait une panthère et un babouin; en conséquence, nous ne nous sentions en sûreté que quand nos portes étaient fermées à clef.

— Cela se comprend. Continuez, je vous prie.

— Je ne pus pas dormir, cette nuit-là. Le vague pressentiment d'un malheur m'oppressait. Ma sœur et moi, vous vous le rappelez, étions jumelles et vous savez combien subtils sont les liens unissant deux âmes qui se tiennent de si près. Au dehors le temps était affreux. Le vent soufflait par rafales et une pluie battante venait se briser contre les fenêtres. Soudain, au milieu du vacarme de la tempête, j'entendis un cri désespéré de femme affolée et je reconnus la voix de ma sœur. Je sautai à bas de mon lit, m'enveloppai d'un châle et me précipitai dans le corridor. Au moment où j'ouvrais la porte, il me sembla entendre un léger sifflement du genre de celui décrit par ma sœur et un instant après je distinguai un bruit sonore comme celui d'une masse de métal qui serait tombée par terre. Puis la porte de ma sœur s'ouvrit lentement. Terrifiée, je m'arrêtai, ne sachant ce qui allait se passer. A la lueur de la lampe du corridor, je vis apparaître dans l'ouverture ma sœur elle-même, le visage pâle de terreur, faisant des gestes comme pour implorer du secours et trébuchant comme un homme ivre. Je courus à elle, je la pris dans mes bras, mais les jambes lui manquèrent et elle s'affaissa par terre. Elle se tordait comme dans des souffrances horribles et tous ses membres étaient affreusement convulsés. D'abord je crus qu'elle ne m'avait pas reconnue, mais quand je me penchai sur elle, elle me cria d'une voix que je ne pourrai jamais oublier : « Oh! Dieu, Hélène! C'était la bande! la bande mouchetée! » Il y avait encore autre chose qu'elle aurait voulu dire et son doigt tendu semblait vouloir percer le mur de la chambre du docteur, mais une nouvelle convulsion la saisit, et l'empêcha de parler. Je m'élançai dans le corridor, appelant mon beau-père, et je le rencontrai en robe de chambre, sortant à la hâte de chez lui. Quand nous arrivâmes près de ma sœur, elle était sans connaissance. Le docteur lui versa du cognac entre les lèvres, envoya chercher le médecin du village, mais tous nos efforts furent vains; la vie la quitta peu à peu, et elle mourut sans avoir repris connaissance. Telle fut la fin épouvantable de ma chère sœur.

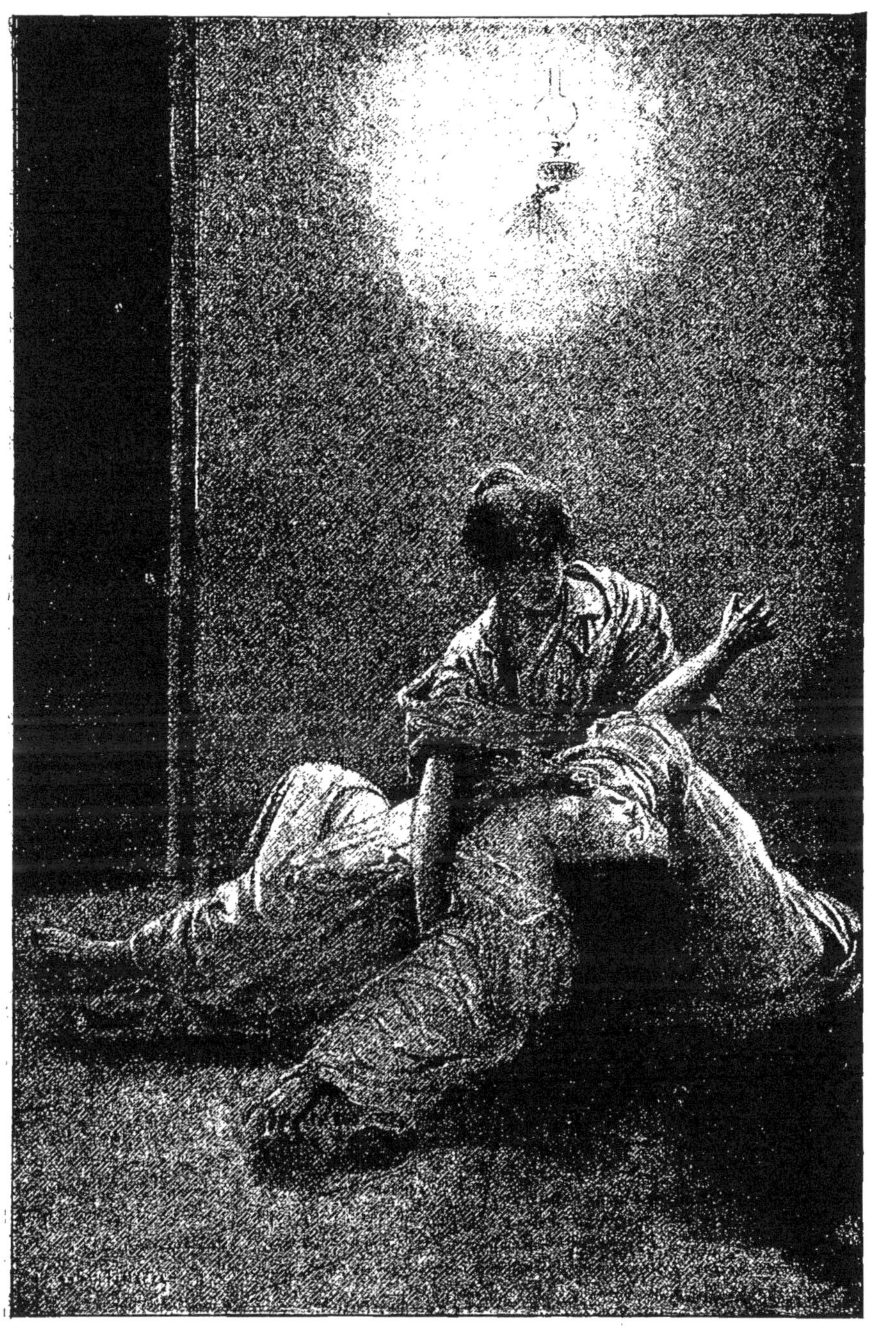

Elle se tordait comme dans des souffrances horribles.

— Un instant, dit Holmes; êtes-vous bien sûre d'avoir entendu ce sifflement, et ce bruit métallique? pourriez-vous le jurer sur votre honneur?

— C'est ce que le coroner du comté m'a demandé à l'enquête. J'ai la conviction de l'avoir entendu, et pourtant, au milieu de cette tempête et des gémissements de la vieille maison, je puis m'être trompée.

— Votre sœur était-elle habillée?

— Non, elle était en toilette de nuit. On trouva dans sa main droite le reste d'une allumette qui avait brûlé, et dans sa main gauche, la boîte d'allumettes elle-même.

— Ce qui prouve qu'elle avait cherché à allumer et à regarder autour d'elle. Ceci est important. Quel a été le résultat de l'enquête?

— L'affaire fut minutieusement étudiée, car la conduite du docteur Roylott était bien connue dans le comté, cependant on ne put découvrir aucune cause de mort plausible. Mon témoignage prouvait que la porte avait été fermée en dedans; quant aux fenêtres, elles étaient munies de ces vieux volets à barres de fer, qu'on assujettissait chaque soir. Les murs furent soigneusement sondés et trouvés intacts partout, et le plancher fut aussi examiné à fond, avec aussi peu de succès. La cheminée est large, mais fermée à une certaine hauteur par quatre forts barreaux. Il est donc certain que ma sœur était tout à fait seule, lors de l'événement qui a causé sa mort. D'ailleurs son corps ne portait aucune trace de violences.

— Et le poison?

— Les docteurs l'ont examinée à ce point de vue sans aucun résultat

— A quoi donc attribuez-vous la mort de cette malheureuse jeune fille?

— Je suis persuadée qu'elle n'est morte que de peur et d'ébranlement nerveux; mais qu'est-ce qui l'a effrayée, je ne puis me l'imaginer.

— Y avait-il des bohémiens, alors, dans le parc?

— Oui, il y en a presque toujours.

— Ah! et quelle idée vous a suggérée cette allusion à une bande, une bande mouchetée?

— J'ai pensé d'abord que c'était un simple effet du délire, puis que cela pouvait être une bande de gens, peut-être ces bohémiens du parc. Je me suis demandée si les mouchoirs de couleur, que beaucoup d'entre eux portent sur la tête, ne lui avaient pas suggéré l'adjectif bizarre qu'elle a employé.

Holmes secoua la tête de l'air d'un homme qui est loin d'être satisfait.

— Cela me paraît bien mystérieux, dit-il. Continuez votre récit, je vous prie.

— Deux ans se sont passés depuis, et ma vie a été, jusqu'à ces derniers jours, plus solitaire que jamais. Cependant, il y a un mois environ, un ami, que j'ai depuis des années, m'a fait l'honneur de me demander en mariage. Il s'appelle Armitage, Percy Armitage, c'est le second fils de M. Armitage de Crane Water, près Reading. Mon beau-père n'a fait aucune objection à ce projet, et nous devons nous marier au printemps. Il y a deux jours, on a commencé des travaux de réparations dans l'aile ouest du bâtiment, et le mur de ma chambre a été percé; j'ai donc dû déménager et aller m'installer dans la chambre où ma sœur est morte, et dormir dans le lit même où elle a dormi. Imaginez alors quel a été mon frisson d'horreur, lorsque, la nuit dernière, ne dormant pas et songeant à mon triste sort, j'entendis tout à coup, dans le silence de la nuit, le sifflement à peine perceptible qui avait été le signal de sa mort. Je me levai d'un bond et allumai la lampe, mais je ne vis rien dans la pièce. Trop émue pour me recoucher toutefois, je m'habillai et, dès qu'il fit jour, je me glissai dehors; je me fis donner un dog-cart à l'auberge de la Couronne, qui est en face de la maison, et je gagnai ainsi Leatherhead, d'où je suis arrivée ce matin, dans le seul but de vous voir et de vous demander conseil.

— Vous avez bien fait, répondit mon ami. Mais m'avez-vous tout dit?

— Oui, tout.

— Miss Roylott, ce n'est pas exact; vous épargnez votre beau-père.

— Quoi? que voulez-vous dire?

Pour toute réponse, Holmes, relevant la dentelle noire de la manche, découvrit la main que notre visiteuse laissait reposer sur ses genoux : cinq points livides, marquede quatre doigts et d'un pouce, étaient imprimés sur le poignet délicat de la jeune fille.

— Il vous a traitée brutalement, dit Holmes.

La jeune fille rougit profondément et, cachant son poignet endolori :

— C'est un homme brutal, dit-elle, et peut-être ne se rend-il pas compte de sa propre force. »

Il y eut un long silence pendant lequel Holmes, le menton appuyé sur ses mains, regardait fixement le feu qui pétillait dans la cheminée.

— C'est une affaire très obscure, dit-il enfin. Il y a mille détails que je voudrais connaître avant de fixer notre ligne de conduite. Mais nous n'avons pas un instant à perdre. Si nous allions à Stoke Moran, aujourd'hui même, nous serait-il possible de visiter ces pièces sans que votre beau-père le sût?

— Justement, il a parlé de venir aujourd'hui en ville pour une affaire très importante. Il est probable qu'il sera dehors toute la journée, et que rien ne viendra vous déranger. Nous avons une femme de charge, maintenant, mais elle est vieille et sotte, et je pourrai facilement l'écarter.

— Parfait. Vous n'avez rien à dire contre cet excursion, Watson?

— Absolument rien.

— Eh bien, nous irons ensemble. Qu'allez-vous faire, vous-même?

— Une ou deux courses, puisque je suis en ville. Je rentrerai par le train de midi, de façon à être là à temps pour vous recevoir.

— Et vous pouvez compter sur nous de bonne heure dans l'après-midi. J'ai moi-même quelques affaires à voir. Vous ne voulez pas rester à déjeuner?

— Non, il faut que je parte. Mon cœur est bien soulagé, maintenant que je vous ai confié ma peine. A bientôt, donc. »

Elle abaissa son voile épais sur sa figure et sortit d'un pas léger.

— Que pensez-vous de tout cela, Watson, demanda Holmes, en se renversant sur sa chaise?

— Cela me paraît être une affaire bien obscure et sinistre.

— Obscure, oui, et sinistre, aussi.

— Cependant si ce qu'elle dit est vrai, que le plancher et les murailles soient intacts, et que la porte, la fenêtre, et la cheminée soient infranchissables, sa sœur était indubitablement seule au moment de sa mort.

— Que faites-vous alors de ces sifflements nocturnes, et des paroles étranges de la moribonde?

— Je ne sais qu'en penser.

— Si vous faites un rapprochement entre ces sifflements de la nuit et la présence d'une bande de bohémiens en intimité avec ce vieux docteur, les fortes présomptions que celui-ci a à empêcher le mariage de sa belle-fille, l'allusion de la mourante à une bande, et enfin le fait que Miss Helen Stoner a entendu un choc métallique qui aurait pu être causé par le déplacement d'une des barres de fer des volets, il me semble qu'il faut chercher de ce côté l'explication du mystère.

— Mais alors, qu'ont fait ces bohémiens?

— Je n'en sais absolument rien.

— Je ne trouve pas votre raisonnement très péremptoire.

— Moi non plus et c'est précisément pour cela que nous allons à Stoke Moran aujourd'hui. Je veux voir si les objections qui se présentent à mon esprit sont insurmontables, ou si elles peuvent être réfutées. Mais que diable !...»

Cette exclamation avait été arrachée à mon compagnon par la brusque ouverture de la porte et l'apparition d'un homme de forte taille. Son costume était un singulier mélange de l'homme comme il faut et de l'agriculteur, car il portait un chapeau haut de forme, une longue redingote, et une paire de guêtres très hautes; il tenait à la main un fouet de chasse. Il était si grand que son chapeau touchait le chambranle de la porte, et si large qu'il semblait remplir l'ouverture tout entière.

Sa large face sillonnée de mille rides, hâlée par le soleil, portait l'empreinte des plus viles passions; son regard s'arrêtait alternativement sur chacun de nous : ses yeux enfoncés, injectés de bile, et son nez crochu et émacié, le faisaient ressembler à un vieil oiseau de proie.

L'apparition d'un homme de forte taille...

— Vraiment, docteur? dit Holmes, d'un ton mielleux ; prenez un siège, je vous prie.

— Certainement non. Ma belle-fille est venue ici. J'ai suivi sa piste. Que vous a-t-elle raconté?

— Il fait un temps bien froid pour la saison, répondit Holmes.

— Qu'est-ce qu'elle vous a dit ? cria le vieillard furieux.

— Mais j'ai entendu dire que les crocus seraient beaux cette année, continua mon ami sans se dérouter.

— Ha ! Ha ! Vous ne voulez pas me répondre? dit votre visiteur, en avançant d'un pas, et en brandissant son fouet. Je vous connais, espèce de coquin ! J'ai déjà entendu parler de vous. Vous êtes Holmes.

Mon ami sourit.

— Holmes, l'homme qui se mêle de ce qui ne le regarde pas.

Mon ami sourit franchement.

— Holmes, le cireur de bottes de Scotland Yard.

Holmes cette fois rit de bon cœur.

— Vous m'intéressez. Je vous demande seulement, quand vous partirez, de vouloir bien fermer la porte, car vous nous avez laissés en plein courant d'air.

— Lequel de vous est Holmes ? demanda cet étrange personnage.

— C'est moi, monsieur ; mais je désirerais savoir à qui j'ai l'honneur de parler, dit mon compagnon sans s'émouvoir.

— Je suis le Dr Grimesby Roylott, de Stoke Moran.

— Je partirai quand j'aurai vidé mon sac. Je vous défends de vous mêler de mes affaires. Je sais que Miss Stoner est venue ici. Je l'ai filée ! Je suis un homme dangereux pour quiconque me résiste. Regardez plutôt !

Il s'avança vivement, saisit de sa large main brune le tisonnier, et le plia en deux.

— Tenez-vous donc au large, hurla-t-il, et rejetant le tisonnier tordu dans le foyer, il sortit à grands pas.

— Ça m'a l'air d'un homme fort aimable, dit Holmes, en riant. Je ne suis pas aussi massif que lui, mais s'il était resté plus longtemps, j'aurais pu lui faire voir que ma poigne vaut la sienne.» Sur ce, reprenant le tisonnier d'acier, il le redressa d'un seul coup.

« Voyez-vous cette insolence de me confondre avec la police de sûreté ! Cet incident donne un charme de plus à notre enquête : j'espère seulement que notre petite amie n'aura pas à souffrir de son imprudence à se laisser filer. Et maintenant, Watson, nous allons commander le déjeuner, ensuite j'irai à la chambre syndicale des médecins, où j'espère trouver quelques renseignements utiles. »

Il était près d'une heure quand Sherlock Holmes revint de sa course. Il tenait à la main un papier bleu couvert de notes et de chiffres.

— J'ai vu le testament de l'épouse décédée, dit-il. Il a fallu, pour bien le comprendre, calculer la valeur actuelle des placements dont il est question. Le revenu total, qui au moment de la mort était de 1100 livres sterling, n'est plus, à cause de la baisse des produits agricoles, que de 750 livres. Chaque fille a droit en se mariant, à une rente de 250 livres. Il est donc évident que si elles s'étaient mariées toutes deux, le cher homme aurait été réduit à une maigre pitance ; même le mariage d'une seule ferait un trou considérable dans ses revenus. Ma recherche de ce matin n'aura donc pas été inutile, puisqu'elle prouve jusqu'à l'évidence que le docteur Roylott a les meilleures raisons du monde de s'opposer à pareil projet. Et maintenant, Watson, ceci devient trop sérieux pour lambiner, d'autant plus que le vieux bonhomme sait que nous nous intéressons à ses affaires. Si donc vous êtes prêt, nous allons prendre un fiacre et aller à la gare de Waterloo. Je vous serai reconnaissant de glisser votre revolver dans votre poche. Un Eley n° 2 est un argument parfait contre des individus qui peuvent plier en deux des tisonniers d'acier. Ajoutez à cela une brosse à dents, et nous voilà équipés.

A Waterloo, nous eûmes la chance de trouver un train en partance pour Leatherhead, où nous louâmes, à l'auberge de la station, une voiture qui nous promena, l'espace de quatre à cinq milles, à travers les charmants chemins du Surrey. C'était par une délicieuse journée, de printemps, égayée d'un beau soleil que voilaient par instants quelques nuages floconneux. Les arbres et les haies du bord de la route commençaient à bourgeonner et l'air était imprégné de cette bonne odeur de terre humide.

Quel étrange contraste entre le réveil de la nature si riche d'espérance et la sinistre besogne dans laquelle nous étions engagés. Mon compagnon, assis sur le devant de la voiture, avait les bras croisés, le chapeau sur les yeux et le menton baissé sur la poitrine ; il semblait perdu dans ses réflexions. Tout à coup, il tressaillit, me frappa sur l'épaule, et étendant le doigt vers les prairies :

— Regardez, dit-il.

J'aperçus un parc touffu s'élevant en pente douce jusqu'à un bosquet. Entre les branches apparaissaient les pignons gris, et le faîte élevé d'une très vieille demeure.

— Stoke Moran ? dit-il.

— Oui, m'sieur, c'est la maison du Dr Grimesby Roylott, répondit le cocher.

— On y fait des travaux, dit Holmes ; c'est là que nous allons.

— V'là le village, dit le conducteur, montrant un groupe de toits à quelque distance sur la gauche ; mais si vous voulez aller à la maison, vous aurez plus court de passer cette barrière, et de suivre le sentier à travers champs là où la dame se promène.

— Et cette dame est, je pense, Miss Stoner, observa Holmes, abritant ses yeux de sa main pour mieux voir. Oui, il me semble que votre idée est excellente.

Nous descendîmes de voiture après avoir payé la course, et notre véhicule repartit pour Leatherhead.

— J'ai trouvé préférable, dit Holmes, en enjambant la barrière, de laisser croire à ce garçon que nous venions ici comme architectes et pour un travail déterminé. Cela fera moins jaser. Bonsoir, Miss Stoner. Vous voyez que nous sommes fidèles à notre parole.

Notre cliente s'était empressée de venir à notre rencontre avec un visage joyeux.

— Je vous attendais avec tant d'impatience ! cria-t-elle en nous serrant la main. Le Dr Roylott est allé en ville et il n'est pas probable qu'il revienne avant ce soir.

— Nous avons eu le plaisir de faire connaissance avec lui, » dit Holmes. Et en quelques mots, il raconta l'entrevue. Miss Stoner était devenue blême.

— Grand Dieu ! cria-t-elle, il m'a donc suivie ?

— Évidemment.

— Il est si rusé que je ne puis jamais être en sûreté. Que va-t-il dire à son retour ?

— Il n'aura qu'à se bien tenir, car il pourrait avoir affaire à plus rusé que lui. Il faut fermer votre porte à clef cette nuit. S'il veut user de violence, nous vous emmènerons chez votre tante, à Harrow. Maintenant ne gaspillons pas notre temps, et montrez-nous tout de suite les pièces que nous avons à examiner.

La construction était en pierre grise, tachée de lichen, avec un pavillon central élevé, et deux ailes en hémicycles de chaque côté. Dans l'une de ces ailes, les fenêtres étaient en mauvais état et bouchées par des planches, et le toit en partie effondré donnait à ce coin l'aspect d'une ruine. La partie centrale n'était guère en meilleur état, mais l'aile droite semblait relativement moderne ; les rideaux aux fenêtres, la fumée bleue sortant des cheminées, indiquaient que ce coin était habité. Il y avait un échafaudage contre le mur du pignon, et le mur lui-même était percé ; cependant aucun ouvrier n'y travaillait. Holmes se promena de long en large sur la pelouse, mal entretenue du reste, et il examina avec la plus grande attention les ouvertures extérieures.

— Voilà, je pense, la fenêtre de votre chambre ; ensuite, au milieu, celle de la chambre de votre sœur et, la plus rapprochée du pavillon central est celle de la chambre du Dr Roylott.

— Précisément. Mais j'habite en ce moment la chambre du milieu.

— Pendant les travaux, je crois. A propos, il ne me semble pas que ce mur ait eu besoin de réparations ?

— Absolument pas ; cela me paraît être tout simplement un prétexte pour me faire changer de chambre.

— Ah ! ceci est assez suggestif. Maintenant, l'autre côté de cette aile est occupé par un corridor sur lequel donnent toutes ces pièces. Il y a des fenêtres, je suppose ?

— Oui, mais très petites, trop étroites même pour qu'on puisse y passer.

— Dans tous les cas, puisque vous fermiez toutes les deux vos portes à clef la nuit, ce côté n'était pas accessible. Voulez-vous avoir la bonté d'aller dans votre chambre, et de fermer vos volets en dedans ?

Miss Stoner obéit, et Holmes, après avoir soigneusement examiné la fenêtre ouverte, essaya tous les moyens possibles de forcer le volet, sans y parvenir. Il n'y avait pas une fente par où on pût glisser même un couteau pour soulever la barre de fermeture. Muni de sa loupe, il regarda de près les gonds, mais ils étaient en fer épais et solidement scellés dans la maçonnerie.

— Hum, dit-il d'un air perplexe, en se grattant le menton, mon raisonnement pèche par la base. Personne n'a pu passer par ici lorsque ces volets étaient fermés. Voyons si un examen à l'intérieur de la pièce ne nous donnera pas quelque indice.

Une petite porte donnait accès dans le corridor blanchi à la chaux sur lequel s'ouvraient les trois chambres. Holmes refusa d'examiner la troisième, et nous passâmes immédiatement dans la seconde, celle qu'habitait actuellement Miss Stoner, et où sa sœur était morte. C'était une jolie chambre, un peu basse de plafond, avec une large cheminée, comme on en trouve souvent dans les vieilles maisons. Dans un coin, une commode de couleur sombre, dans un autre, un lit étroit, peint en blanc, et à gauche de la fenêtre, une table de toilette. Ces trois meubles, deux petites chaises d'osier et un morceau de tapis Wilton formaient tout le mobilier de la pièce.

Les murs étaient revêtus de boiseries en chêne bruni, piquées des vers, si vieilles et si décolorées par le temps qu'elles devaient dater de la construction même. Holmes poussa une des chaises dans un coin, et s'y assit, gardant le silence absolu et parcourant des yeux tous les coins et recoins de la chambre pour en fixer chaque détail dans son esprit.

— Où va cette sonnette? demanda-t-il enfin, en indiquant un cordon pendu à la tête du lit, et dont le gland tombait sur l'oreiller.

— Elle communique avec la chambre de la femme de charge.

— Ce cordon semble plus neuf que le reste du mobilier.

— Oui, on ne l'a placé là qu'il y a deux ans environ.

— Je suppose que c'est votre sœur qui l'a demandé.

— Non, je ne crois pas qu'elle s'en soit jamais servie. Nous avions l'habitude de nous passer de domestiques.

— Alors, ce n'était guère la peine de mettre là un aussi joli cordon de sonnette. Maintenant je vais vous demander la permission d'examiner le plancher. »

Il se jeta à plat ventre et muni de sa loupe, étudia minutieusement les fentes entre les feuilles du parquet. Il examina de même les boiseries des murs. Puis il s'approcha du lit, et le regarda en tous sens ainsi que la muraille contre laquelle il était appuyé. Enfin, il saisit le cordon de sonnette et le tira vivement.

— Eh quoi! il est faux?

— Comment? Il ne sonne pas?

— Non, il n'est même pas fixé à un fil de fer. Oh! mais ceci devient fort intéressant. Tenez, regardez, le cordon est attaché à un crochet, juste au-dessus de la prise d'air.

— Mais c'est absurde! Je ne m'en étais jamais aperçue.

— Bizarre, bizarre! murmura Holmes, en tirant sur le cordon. Il y a une ou deux choses bien singulières dans cette chambre. Par exemple, quel est l'imbécile d'architecte qui a établi une prise d'air entre deux pièces, alors qu'il était si simple de la faire sur le mur extérieur?

— Cela est également tout récent, dit la jeune fille.

— Cela doit dater à peu près de la même époque que le cordon de sonnette? ajouta Holmes.

— Oui, on a fait plusieurs petits travaux à ce moment-là

— Ils étaient assez singuliers : faux cordon de sonnette, et prise d'air n'aérant pas. Avec votre permission, miss Stoner, nous allons poursuivre nos recherches dans l'autre pièce. »

La chambre du docteur Grimesby Roylott était plus grande que celle de sa belle-fille, mais meublée avec la même simplicité. Un lit de camp, une petite étagère pleine de livres, livres de sciences pour la plupart, un fauteuil près du lit, une chaise en bois contre le mur, une table ronde et un grand coffre-fort étaient les principaux meubles de cette pièce, dont Holmes fit lentement le tour, examinant chaque objet avec la plus soigneuse attention.

— Qu'y a-t-il là dedans? demanda-t-il en frappant sur le coffre-fort.

— Des papiers d'affaires de mon beau-père.

— Ah!... Vous les avez vus?

— Une fois seulement, il y a quelques années. Je me rappelle que c'était plein de paperasses.

— Il n'y aurait pas un chat dedans, par hasard?

— Non. Quelle drôle d'idée!

— Mais, voyez donc ça!

Il montra une petite soucoupe, pleine de lait, qui était déposée sur le coffre.

— Non, nous n'avons pas de chat ici. Mais nous avons une panthère et un babouin.

— Oh! oui; évidemment! La panthère, au fond, n'est qu'un fort spécimen de l'espèce féline. Mais une soucoupe de lait ne saurait lui suffire, j'imagine. Il y a là quelque chose dont je voudrais m'assurer. »

Il s'accroupit devant la chaise en bois, et en examina le siège avec la plus grande attention.

— Merci. Il n'y a plus de doute, dit-il, en se relevant et en mettant sa loupe dans sa poche. Hallo! voici un objet intéressant! »

Et il montrait un petit fouet de chasse, pendu auprès du lit. La mèche, cependant, en était nouée, de façon à former un nœud coulant.

— Qu'est-ce que vous pensez de cela, Watson?

— C'est un fouet, comme tous les fouets. Seulement je ne sais pas pourquoi la mèche est nouée ainsi.

— Cela n'est déjà pas ordinaire, il me semble? Ah! mes pauvres amis, le monde est bien vilain, et quand un homme met son intelligence au service du crime, on peut s'attendre aux pires infamies. Je crois que j'en ai vu assez, miss Stoner, et avec votre permission nous allons maintenant sortir devant la maison.

Je n'avais jamais vu le front de mon ami aussi soucieux qu'au moment où nous quittâmes avec lui son champ d'investigations. Nous avions, miss Stoner et moi, arpenté plusieurs fois la pelouse sans oser interrompre ses réflexions, lorsqu'il rompit lui-même le silence :

— Il est essentiel, miss Stoner, dit-il, que vous suiviez exactement mes instructions jusque dans les plus petits détails.

— Je n'y manquerai certainement pas.

— La chose est trop grave pour que vous hésitiez. Votre vie est en jeu.

— Je me fie entièrement à vous.

— D'abord, mon ami et moi, nous devons passer la nuit dans votre chambre.

La stupéfaction de miss Stoner égala la mienne.

— Oui, il le faut. Je vais vous dire pourquoi.

« C'est bien l'auberge du village qu'on voit là-bas?

— Oui, l'auberge de la Couronne.

— Très bien. On doit voir vos fenêtres de là-bas?

— Sûrement.

— Vous vous enfermerez chez vous, sous prétexte de migraine, quand votre beau-père rentrera. Puis quand il sera retiré dans sa chambre pour la nuit, vous ouvrirez les volets, vous pousserez votre fenêtre sans mettre le crochet; vous placerez votre lampe derrière afin qu'elle nous serve de signal, et vous vous retirerez dans votre ancienne chambre, avec tout ce dont vous pourrez avoir besoin pour vous coucher. Je ne doute pas que, malgré les travaux, vous ne puissiez vous y installer pour une nuit.

— Oh! oui, facilement.

— Le reste nous regarde.

— Mais qu'allez-vous faire?

— Nous passerons la nuit dans votre chambre pour découvrir la cause du bruit qui vous a tant effrayée.

— Je crois, monsieur Holmes, que vous êtes déjà fixé, dit Miss Stoner en lui posant la main sur le bras.

— Peut-être.

— Alors, au nom du ciel, dites-moi quelle a été la cause de la mort de ma sœur.

— Je préfère avoir des preuves plus sûres avant de parler.

— Vous pouvez au moins me dire si j'ai raison de croire qu'elle est morte de frayeur.

— Je ne le pense pas et je crois à une cause plus tangible. Maintenant, miss Stoner, il faut que nous vous quittions car si le docteur Roylott revenait et nous trouvait ici, notre coup serait manqué. Au revoir, et soyez courageuse, car si vous faites ce que je vous ai dit, vous ne courrez bientôt plus aucun danger. »

Nous trouvâmes facilement, Sherlock Holmes et moi, deux chambres à l'auberge de la Couronne. Elles étaient au premier étage et de nos fenêtres nous apercevions la grille d'entrée, et l'aile habitée du manoir de Stoke Moran. A la tombée de la nuit nous vîmes passer en voiture le docteur Grimesby Roylott; il écrasait à l'œil par sa forte corpulence le groom aux frêles dimensions qui conduisait. Le gamin eut quelque difficulté à ouvrir les lourdes grilles; cela impatienta le docteur, il le manifesta par des éclats de voix qui parvinrent jusqu'à nous et qu'il accompagna de gestes menaçants.

Quelques minutes après que la voiture fut entrée dans le parc, une lumière qui nous apparut entre les arbres nous prouva que le propriétaire du vieux manoir était installé dans un des salons.

Autour de nous l'obscurité se faisait de plus en plus profonde.

— Savez-vous, Watson, me dit tout à coup le docteur, j'ai réellement scrupule à vous emmener cette nuit. Notre entreprise n'est pas sans danger.

— Puis-je vous être utile?

— Plus qu'utile.

— Alors je vous accompagne.

— Je vous en suis très reconnaissant.

— Mais vous parlez de danger? Vous avez évidemment tiré de votre visite dans cette maison plus de renseignements que moi.

— Non, mais j'imagine que j'ai raisonné davantage. Tout ce que j'ai vu, vous l'avez vu aussi.

— Je n'ai rien vu de remarquable que ce cordon de sonnette, et je ne puis arriver à en saisir le but.

— Vous avez vu la prise d'air aussi ?

— Oui, mais une communication de ce genre entre deux pièces ne me semble pas chose si extraordinaire; elle est du reste si petite qu'un rat aurait de la peine à y passer.

— Je pensais bien, avant même d'entrer dans la maison, y trouver cette prise d'air.

— Allons donc !

— Certainement. Vous vous rappelez que dans son récit miss Stoner nous dit que sa sœur sentait l'odeur du cigare du docteur Roylott. Naturellement cela impliquait l'idée d'une communication quelconque entre les deux pièces, communication qui ne pouvait être que minuscule, puisque l'enquête du coroner ne la mentionnait pas. J'en avais donc con-

clu qu'il devait exister là une prise d'air.

— Et quel inconvénient y trouvez-vous?

— Dame, il y a au moins là une curieuse coïncidence de faits. On établit une prise d'air, on suspend une corde, et une femme

Sur le coup de onze heures, une vive lumière perça les ténèbres.

qui dort dans ce lit meurt d'une mort étrange : n'êtes-vous pas frappé de cela?

— Je ne vois aucun rapport entre tout cela.

3

— Avez-vous remarqué quelque chose de très particulier au sujet de ce lit?

— Non.

— Il est scellé au plancher. Est-ce l'habitude de fixer ainsi un lit?

— Je ne crois pas.

— Ainsi la jeune fille ne pouvait pas déplacer son lit. Elle était forcée de le laisser toujours à portée de la prise d'air et de la corde, car nous pouvons l'appeler ainsi, puisqu'il n'y a jamais eu de sonnette.

— Holmes, m'écriai-je, je commence à saisir vaguement votre idée. Nous arrivons juste à temps pour empêcher un crime horrible et raffiné.

— Très horrible et très raffiné. Quand un médecin tourne mal, il devient le plus grand des criminels, car il a pour lui le sang-froid et la science. Palmer et Pritchard étaient les premiers de leur profession. Cet homme vise plus haut encore, mais je crois, Watson, que nous serons plus malins que lui. En attendant de constater toutes ces horreurs, fumons tranquillement une pipe, et tâchons de penser pendant quelques heures à des choses moins lugubres. »

Vers neuf heures, la lumière qui brillait à travers les arbres s'éteignit, et tout redevint obscur dans la direction du manoir. Deux longues heures s'écoulèrent. Sur le coup de onze heures, une vive lumière perça les ténèbres juste en face de nous.

— Voici notre signal, dit Holmes, se levant d'un bond; il vient bien de la fenêtre du milieu. »

En sortant, il échangea quelques paroles avec l'aubergiste pour lui expliquer que nous allions faire une visite chez un ami et que nous y passerions peut-être la nuit. Un instant après nous étions sur la route, le visage fouetté par un vent glacial, marchant vers la lumière qui nous guidait dans notre sinistre expédition.

Nous n'eûmes pas de peine à pénétrer dans le parc, dont les murs avaient des nombreuses brèches. Nous avions déjà atteint la pelouse, et l'ayant traversée, nous nous apprêtions à escalader la fenêtre quand, d'un bosquet de laurier, s'élança une sorte de nain hideux et difforme qui se jeta sur le gazon en tordant ses membres, puis s'enfuit et disparut dans l'obscurité.

— Grand Dieu! murmurai-je, avez-vous vu? »

Holmes fut d'abord aussi surpris que moi, et il me serra nerveusement la main. Puis il se mit à rire silencieusement toutefois, et murmura à mon oreille :

— Charmante maison : c'est le babouin ! »

J'avais oublié les favoris du docteur. Il avait une panthère aussi; peut-être allions-nous la sentir sur nos épaules, d'un moment à l'autre. J'avoue que je fus plus tranquille, quand à la suite de Holmes, et après avoir ôté mes souliers, je me trouvai à l'intérieur de la chambre. Mon compagnon ferma les volets sans bruit, mit la lampe sur la table et regarda autour de lui. Tout était comme nous l'avions vu en plein jour. Alors, s'approchant doucement de moi, et faisant un porte-voix de sa main, il me murmura dans l'oreille, d'un ton si bas que je pouvais à peine distinguer ces mots :

— Le plus petit bruit serait fatal à notre plan. »

Je fis signe que j'avais entendu.

— Nous ne devons pas garder de lumière. Il la verrait par la prise d'air. »

Je répondis par un geste.

— Ne vous endormez pas. Cela pourrait vous coûter la vie. Ayez votre revolver sous la main, en cas de besoin; je vais m'asseoir sur le lit; vous, installez-vous sur cette chaise. »

Je posai mon revolver sur le coin de la table.

Holmes avait apporté une canne longue et mince qu'il plaça sur le lit à côté de lui. Il mit à côté une boîte d'allumettes et un bout de bougie; puis il éteignit la lampe, et nous nous trouvâmes dans l'obscurité.

Je n'oublierai jamais cette veille émouvante. Je n'entendais pas un son, pas même un bruit de respiration, et je savais pourtant que mon compagnon était là tout près, assis, les yeux ouverts, dans le même état de tension nerveuse que moi. Les volets ne laissaient passer aucun rayon de lumière et nous étions dans les ténèbres les plus épaisses. Du dehors, nous arrivait parfois le cri d'un oiseau de nuit, et une fois, tout contre la fenêtre un long miaulement nous apprit que la panthère était bien en liberté. Au loin, nous entendions les notes graves de l'horloge de la paroisse, sonnant les quarts à des intervalles qui nous paraissaient infinis. Minuit sonna, puis une heure, deux heures, trois heures, et nous étions toujours assis silencieusement, dans l'attente d'un événement possible.

Soudain parut dans la direction de la prise d'air une lueur qui s'évanouit aussitôt, mais à laquelle succéda une forte odeur d'huile et de métal chauffé. Il était évident qu'on avait allumé dans la pièce voisine une lanterne sourde. J'entendis un léger bruit, puis tout retomba dans le silence, bien que l'odeur devînt plus forte. Pendant une demi-heure encore je restai immobile, l'oreille tendue. Soudain, un autre son se fit entendre, très doux et caressant, comme le bruit d'un jet de vapeur sortant d'une bouillotte. Au moment où il se produisit, Holmes sauta à bas du lit, alluma une allumette et se mit à taper de toutes ses forces avec la canne, le cordon de sonnette.

— Vous le voyez, Watson? cria-t-il. Vous le voyez? »

Je ne voyais absolument rien. Au moment où Holmes avait allumé, j'avais entendu un sifflement sourd quoique distinct, mais l'éclat de la lumière empêchait mes yeux fatigués de voir sur quoi mon camarade frappait avec tant de colère. Je distinguais cependant son visage devenu subitement d'une pâleur mortelle et empreint d'horreur et de dégoût.

Il avait cessé de frapper, et regardait la prise d'air, quand tout à coup éclata dans le silence de la nuit le plus horrible cri que j'aie jamais entendu. Il se changea en un hurlement arraché à la fois par la souffrance, la peur et la colère. On dit que dans le village et même au presbytère, plus éloigné encore, ce cri réveilla tous les dormeurs : il me glaçait le cœur, et je restais là figé, les yeux sur Holmes; lui, me regardait aussi; lorsque tout fut rentré dans le silence :

— Qu'est-il arrivé? m'écriai-je pantelant.

— C'est fini, répondit Holmes, et c'est après tout la meilleure solution. Prenez votre revolver, nous allons entrer chez le docteur Roylott. »

Le visage grave, il alluma la lampe, et sortit le premier dans le corridor. Il frappa deux fois à la porte sans obtenir de réponse. Alors il tourna le bouton, et entra, en me précédant, le revolver au poing.

Un singulier spectacle s'offrit à nos yeux. Une lanterne sourde posée sur la table éclairait le coffre-fort dont la porte était entr'ouverte. Auprès de cette table, sur la chaise de bois, le docteur Grimesby Roylott, vêtu d'une robe de chambre grise, les pieds nus chaussés de babouches turques. Sur ses genoux le fouet à longue mèche que nous avions remarqué dans la journée. Il avait la tête renversée, et ses yeux regardaient avec fixité un coin du plafond. Sur le front, il avait un singulier bandeau jaune, tacheté de brun, qui semblait serré autour de sa tête. A notre entrée, il ne fit aucun mouvement.

— La bande! la bande mouchetée! » murmura Holmes.

Je fis un pas en avant. Au moment même, cette singulière coiffure bougea, et la tête plate, triangulaire d'un hideux serpent se tourna vers nous.

— C'est la vipère des marais! cria Holmes, le serpent le plus venimeux de l'Inde. Le docteur est mort dix secondes après avoir été mordu. Œil pour œil, dent pour dent. Rejetons cette créature dans son antre, emmenons miss Stoner sous quelque autre toit hospitalier, et informons la police du comté de ce qui est arrivé. »

Tout en parlant, il avait pris le fouet sur les genoux du cadavre, puis jetant le nœud coulant sur le reptile, il l'arracha à son horrible piédestal et le porta à bras tendu jusqu'au coffre-fort dans lequel il le jeta, et dont il referma la porte.

C'est ainsi que mourut le docteur Grimesby Roylott, de Stoke Moran. Il n'est pas nécessaire de prolonger un récit déjà trop long, en racontant comment, après avoir appris la vérité à la jeune fille, nous l'amenâmes par le train du matin à sa chère tante de Harrow. L'enquête officielle prouva que le docteur avait trouvé la mort en jouant imprudemment avec un dangereux reptile. Holmes acheva de m'éclairer sur cette sinistre affaire en rentrant à Londres, le lendemain.

— Mes premières conclusions étaient tout à fait erronnées; ce qui montre, mon cher Watson, combien il est dangereux de raisonner sur des données insuffisantes. La présence des bohémiens, et l'emploi du mot « bande » par la pauvre fille pour expliquer ce qu'elle vit confusément à la lueur de son allumette, avaient suffi pour me lancer sur une fausse piste. Je n'ai eu qu'un mérite, celui d'avoir changé mes batteries dès qu'il me fut devenu évident que le danger dont pouvait être menacé l'occupant de cette chambre, ne pouvait venir ni par la fenêtre ni par la porte. Mon attention fut rapidement attirée, comme je vous l'ai déjà dit, par la prise d'air et le cordon de sonnette pendu au-dessus du lit. La découverte que ce cordon était faux, et que le lit était scellé au sol me fit instantanément soupçonner que la corde devait servir à un objet qui, passant par le trou, descendait sur le lit. L'idée d'un serpent m'était donc naturellement venue à l'esprit, et lorsque j'y accouplai le fait que le docteur recevait des bêtes de l'Inde, je me sentis sur la bonne piste. L'idée d'employer un poison impossible à découvrir chimiquement devait venir à un homme instruit et sans conscience, qui avait vécu en Extrême-Orient.

« La rapidité avec laquelle ce poison agit était encore un avantage, à son point de vue. Il aurait fallu au coroner un œil bien perçant pour reconnaître les deux petites piqûres produites par les crocs venimeux. Je me souvins aussi du sifflement. Le docteur devait naturellement rappeler le serpent avant que le jour ne le fît voir à sa victime. Il l'avait dressé, probablement au moyen du lait que nous avons vu, à revenir à son appel. Il le faisait passer par la prise d'air, à l'heure qu'il jugeait convenable, certain que l'animal ramperait le long de la corde et descendrait sur le lit. Plusieurs nuits pouvaient se passer sans que la victime fût mordue, mais tôt ou tard elle devait succomber.

« J'étais arrivé à cette conclusion avant même d'entrer dans la chambre du docteur. L'examen de sa chaise nous prouva qu'il avait l'habitude de monter dessus, ce qui était nécessaire pour qu'il pût atteindre à la prise d'air. La vue du coffre-fort, la soucoupe de lait et le nœud coulant faisaient disparaître les derniers doutes qui pouvaient me rester. Le bruit métallique entendu par miss Stoner provenait évidemment de la fermeture hâtive du coffre-fort. Une fois ma conviction faite, vous savez les mesures prises pour acquérir la preuve définitive. Vous avez entendu comme moi siffler le reptile: je fis aussitôt de la lumière, et je l'attaquai sans perdre un instant.

— Ce qui eut pour résultat de le faire repasser par où il était venu.

— Et aussi de le faire attaquer son maître. Quelques-uns de mes coups l'atteignirent certainement et le mirent en colère au point qu'il se jeta sur la première personne qu'il rencontra. Je suis, de la sorte, indirectement responsable de la mort du docteur Grimesby Roylott, mais je ne peux pas dire que cette responsabilité pèse lourdement sur ma conscience. »

LE POUCE DE L'INGÉNIEUR

PARMI tous les problèmes soumis à mon ami M. Sherlock Holmes pendant les années de notre intimité, deux seulement lui furent signalés par moi; celui qui avait trait au pouce de M. Hatherley, et celui de la folie du colonel Warburton. Le dernier est sans doute le plus intéressant pour un esprit aussi observateur que le sien; toutefois l'autre est si étrange dans son début, si dramatique dans ses détails, qu'il vaut la peine d'être raconté, quoique mon ami n'ait pas eu l'occasion d'y employer toutes ses merveilleuses facultés d'analyse. L'histoire a été reproduite plusieurs fois dans les journaux; mais, comme toujours, un simple entrefilet frappe moins le lecteur que la série des faits se développant sous ses yeux et dévoilant peu à peu le mystère qui les enveloppait. Les détails de cette affaire firent alors une profonde impression sur moi et deux ans écoulés depuis n'en ont guère diminué l'effet.

C'était pendant l'été de 1889, peu de temps après mon mariage. J'étais revenu à ma clientèle civile, et j'avais finalement quitté Holmes qui demeurait toujours dans Baker street, où j'allais souvent le voir; j'avais même réussi à lui faire perdre un peu de ses habitudes de bohème, au point qu'il venait parfois chez nous. Ma clientèle s'était constamment accrue et comme je demeurais près de la gare de Paddington, j'avais quelques clients parmi les employés du chemin de fer. L'un de ceux-ci, que j'avais guéri d'une longue et douloureuse maladie, ne se lassait pas de chanter mes louanges et cherchait à m'envoyer tous les malades sur lesquels il pouvait avoir quelque influence.

Un matin, un peu avant sept heures, je fus réveillé par ma servante frappant à ma porte pour me dire que deux hommes de la gare de Paddington m'attendaient dans le cabinet de consultation. Je m'habillai à la hâte, car je savais par expérience que les blessures des employés étaient souvent très graves. Au moment où je descendais l'escalier, mon vieil ami, le chef de train, sortit de mon cabinet, en refermant avec soin la porte derrière lui.

— Il est là, murmura-t-il en désignant du doigt la pièce qu'il venait de quitter, il ne se sauvera pas.

— Qui est-ce? demandai-je, car les allures de mon interlocuteur semblaient dénoter un mystère.

— C'est un nouveau patient, murmurat-il. J'ai voulu l'amener moi-même, comme ça c'était plus sûr. Il est là, il n'y a rien à craindre. Il faut que je m'en aille maintenant, docteur; j'ai mon travail, tout comme vous. » Et il s'en alla, le brave rabatteur, sans même me donner le temps de le remercier.

J'entrai dans mon cabinet et j'y trouvai un homme assis auprès de la table. Il était simplement vêtu d'un complet couleur de bruyère, sa casquette de drap était posée sur mes livres; une de ses mains était enveloppée d'un mouchoir tout taché de sang. Comme âge, vingt-cinq ans au plus, avec une figure très mâle et un teint décoloré, qui me donna l'impression d'un homme qui serait sous le coup d'une très violente émotion.

— Je regrette de vous déranger de si bonne heure, docteur, me dit-il. Mais j'ai eu cette nuit un très sérieux accident. Je viens d'arriver par le train du matin, m'étant informé d'un médecin, à Paddington, un brave homme m'a obligeamment amené ici. J'ai donné ma carte à la servante, mais je vois qu'elle l'a laissée sur la table. »

Je la pris et lus : M. Victor Hatherley, ingénieur hydraulicien, 16 A, Victoria street (3e étage).

— Je regrette de vous avoir fait attendre, dis-je, en m'asseyant. Vous venez de faire un voyage de nuit, occupation plutôt monotone, n'est-ce pas?

— Oh ! je ne peux pourtant pas dire que ma nuit ait été monotone, » répondit-il, en riant d'un rire nerveux qui le convulsait tout entier.

Voulant arrêter une crise que je voyais venir :

— Assez, criai-je. Calmez-vous ! » et je lui préparai un verre d'eau.

Mais tout fut inutile. Je ne pus enrayer une violente attaque de nerfs, une de ces attaques que les natures les plus énergiques peuvent subir après une grande émotion. Enfin il se calma, mais resta épuisé et un peu honteux.

— J'ai fait la bête, dit-il, haletant.

— Pas du tout. Buvez ! » Je mis quelques gouttes de cognac dans de l'eau et je vis aussitôt revenir un peu de couleur à ses joues exsangues.

— Ça va mieux ! dit-il. Et maintenant, docteur, voulez-vous avoir la bonté de soigner mon pouce ou plutôt l'endroit où était mon pouce ? »

J'enlevai le mouchoir, je découvris sa main, et à la vue de la plaie je tressaillis malgré le sang-froid qu'une longue pratique m'a donné. Il ne restait que quatre doigts, et à la place du pouce il y avait une surface rouge et spongieuse, horrible à voir. Le pouce avait été coupé ou arraché, juste à sa naissance.

— Grand Dieu ! m'écriai-je, c'est une horrible blessure. Vous devez avoir beaucoup saigné?

— Oui, beaucoup. Je me suis même évanoui sur le coup; et je crois que je suis resté assez longtemps sans connaissance. Quand je suis revenu à moi, je saignais toujours, alors j'ai attaché mon mouchoir très serré autour de mon poignet, et je l'ai assujetti avec une brindille.

— Parfait ! Vous mériteriez d'être chirurgien.

— J'ai appris cela au cours de mes études d'ingénieur; cela rentre dans ma spécialité.

— Cette blessure a dû être faite par un instrument très lourd et très tranchant? dis-je après avoir examiné la plaie.

— Oui, par un instrument ressemblant à un couperet.

— Un accident, je pense?

— Pas du tout.

— Quoi, un attentat?

— Précisément.

— Mais c'est affreux ! »

J'épongeai la plaie, la nettoyai, la pansai; et finalement la recouvris d'ouate et de bandages phéniqués. Mon patient resta tout le temps adossé à sa chaise, sans broncher, mais je remarquai qu'il se mordait les lèvres fréquemment.

— Comment vous sentez-vous? demandai-je quand j'eus fini.

— Très bien. Votre cognac et votre pansement ont fait de moi un autre homme. Je me sentais très faible en arrivant, mais c'est qu'aussi j'en ai vu de rudes !

— Ne parlons pas de cela pour ne pas
exciter vos nerfs.

— Les voilà plus calmes. Au reste, il
faudra que je raconte mon histoire à la
police. Je vous avouerai toutefois que,
n'était le témoignage évident de ma blessure, ils ne croiraient pas à ma déposition,
tant elle est extraordinaire et
dépourvue de preuves.
Et dans le cas où
l'on voudrait
faire une en-
quête, les

doive aussi avoir recours à la police. Voulez-vous me donner un mot d'introduc-
tion pour lui?

— Je ferai mieux. Je vous y mènerai
moi-même.

— Et je vous en serai très reconnaissant.

J'entrai dans mon cabinet
et j'y trouvai un homme
assis auprès de la table.

indications que j'ai à donner
sont si vagues qu'il est douteux que justice puisse être faite.

— Ha ! m'écriai-je, s'il y a là un problème que vous désirez voir résoudre, je vous
recommanderai fortement de venir avec
moi chez mon ami, M. Sherlock Holmes,
avant de vous adresser à la police officielle.

— J'ai déjà entendu parler de ce monsieur et je serai très heureux de lui confier
mon affaire, quoique naturellement je

— Prenons un fia-
cre et allons-y en-
semble. Nous arrive-
rons juste à temps
pour déjeuner chez lui. Voulez-vous?

— Oui, je ne serai tranquille que lorsque j'aurai raconté mon aventure.

— Eh bien, ma servante va héler un
fiacre : je suis à vous dans un instant. »

Je montai chez moi, expliquer brièvement
l'affaire à ma femme, et cinq minutes
après j'étais dans un cab, roulant avec mon
nouveau client vers Baker street.

Sherlock Holmes était, comme je m'y

attendais, à flâner dans son salon, en robe de chambre, lisant la colonne des annonces du *Times*, et fumant sa pipe d'avant déjeuner, pipe qui était composée de tous les fonds et résidus de la veille, soigneusement séchés et rassemblés sur le coin de la cheminée. Il nous reçut avec son affabilité ordinaire, commanda un supplément de grillade et d'œufs, et mangea de bon appétit avec nous. Quand ce fut fini, il installa notre hôte sur un sofa, mit un coussin sous sa tête, et un verre d'eau mélangée de cognac à portée de sa main.

— Je vois que votre aventure n'a pas été banale, monsieur Hartheley, dit-il. Etendez-vous là, et faites comme chez vous. Parlez si vous en avez la force, mais arrêtez-vous toutes les fois que vous vous sentirez fatigué, et entretenez vos forces au moyen de ce stimulant.

— Merci, dit le patient, je me sens tout autre depuis que le docteur m'a pansé, et je crois que votre déjeuner a complété la cure. Je veux abuser le moins possible de votre temps, si précieux, et j'entre tout de suite en matière. »

Holmes s'assit dans un grand fauteuil, il ferma les yeux à demi et prit cette attitude lassée qui contrastait si fort avec sa nature vive et animée; je m'assis en face de lui et nous écoutâmes en silence l'étrange récit que nous fit notre visiteur :

— Il faut que vous sachiez que je suis orphelin et célibataire; je demeure seul à Londres, dans un appartement meublé. Par profession, je suis ingénieur hydraulicien, et j'ai acquis pas mal d'expérience pendant les sept années d'apprentissage que j'ai fait chez Venner et Matheson, la maison bien connue de Greenwich. Je venais de terminer il y a deux ans, lorsque la mort de mon père me mit à la tête d'une petite fortune qui me permit de m'établir à mon propre compte; je louai à cet effet un bureau dans Victoria street.

« Tout début dans les affaires est pénible, mais j'eus assurément plus de difficultés qu'un autre. Pendant deux années entières je n'eus que trois consultations et un petit travail à faire. Voilà tout ce que ma profession me rapporta. Durant ce laps de temps, mes revenus bruts se sont élevés à vingt-sept livres et demie.

Chaque jour, de neuf heures du matin à quatre heures du soir, j'attendais en vain dans mon petit réduit des visiteurs qui ne venaient pas et je commençais à perdre patience et à croire que je n'aurais jamais de clientèle.

« Hier pourtant, juste au moment où je m'apprêtais à quitter le bureau, mon commis entra pour me dire qu'un monsieur désirait me voir. Il me tendit une carte qui portait le nom du colonel Lysander Stark et presque en même temps je vis entrer le colonel lui-même. C'était un homme d'une taille au-dessus de la moyenne, mais d'une maigreur telle que je crois n'en avoir jamais vu de semblable. Son nez et son menton faisaient saillie sur sa figure en lame de couteau et la peau de ses joues était tendue sur ses pommettes très accentuées. Cette maigreur extrême semblait être son état naturel, et non l'effet d'une maladie, car son œil était brillant, son pas rapide, son allure assurée. Il était simplement mais correctement vêtu, et paraissait approcher de la quarantaine.

« — Monsieur Hatherley? dit-il avec une sorte d'accent allemand, on vous a recommandé à moi non seulement pour vos capacités d'ingénieur, mais aussi pour votre discrétion à toute épreuve. »

« Je m'inclinai, assez flatté de ce compliment.

« — Puis-je savoir qui vous a donné ces excellents renseignements? lui demandai-je.

« — Euh, peut-être vaut-il mieux ne pas vous le dire tout de suite. J'ai appris de la même source que vous êtes orphelin et célibataire et que vous vivez seul à Londres.

« — C'est parfaitement exact, répondis-je, mais je ne vois pas très bien quel rapport cela peut avoir avec mes qualités professionnelles; je croyais que vous veniez me consulter sur une question de métier.

« — Sans aucun doute. Toutefois ce préambule était nécessaire, car si j'ai besoin d'un homme de votre profession, il faut aussi que cet homme soit d'une discrétion absolue, *absolue*, vous m'entendez bien. Or cette qualité se rencontre plus fréquemment chez un célibataire que chez un homme qui vit au sein de sa famille.

« — Si je donne ma parole de garder le secret, dis-je, vous pouvez absolument compter sur moi. »

Il me regarda fixement pendant que je parlais, et je crois n'avoir jamais vu un œil aussi méfiant et inquisiteur.

« — Vous promettez, alors? dit-il enfin.

« — Oui, je promets.

« — Silence absolu et complet, avant, pendant et après? Aucune allusion à la chose, ni par un mot, ni par un écrit?

« — Très bien. »

Il se leva brusquement, traversa la chambre comme un éclair, et ouvrit la porte. Le corridor était désert.

« — C'est parfait, dit-il en revenant. Je sais que les commis sont souvent curieux des affaires de leurs patrons. Maintenant, nous pouvons causer en sûreté. »

Il approcha sa chaise tout contre la mienne, et recommença à m'examiner du même regard interrogateur et réfléchi. Je sentis tout à coup un sentiment de répulsion et même de terreur en présence des manières étranges de cet homme décharné. La crainte même de perdre un client ne put m'empêcher de témoigner mon impatience.

« — Veuillez m'expliquer votre affaire, monsieur, dis-je; mon temps est précieux.»

Que le ciel me pardonne cette dernière phrase, qui n'était qu'un vulgaire mensonge; je ne pus l'arrêter sur mes lèvres.

« — Accepteriez-vous cinquante guinées, pour une nuit de travail?

« — Parfaitement.

« — Je dis une nuit de travail, je devrais dire une heure. Il me faut simplement votre avis sur une presse hydraulique qui marche mal. Si vous nous faites voir par où elle cloche, nous pourrons nous-mêmes la réparer. Que pensez-vous d'un travail de ce genre?

« — Le travail paraît facile et le salaire superbe.

« — C'est ce qui me semble. Pouvez-vous venir ce soir par le dernier train?

« — Où?

« — A Eyford, dans le Berkshire. C'est un petit endroit situé sur la limite de l'Oxfordshire, et à environ sept milles de Reading. Il y a à Paddington un train qui vous y amènera à onze heures quinze environ.

« — Très bien.

« — Je viendrai vous chercher avec une voiture.

« — Ah ! c'est assez loin de la gare, alors?

« — Oui, notre petit trou est tout à fait dans la campagne. C'est à sept bons milles de la station d'Eyford.

« — Nous n'y arriverons donc pas avant minuit, et je suppose que je ne trouverai pas de train pour me ramener ici. Il faudra que je passe la nuit là-bas?

« — Oui, nous vous logerons facilement.

« — C'est bien ennuyeux. Ne pourrais-je venir à une heure plus pratique?

« — Non, et c'est précisément pour vous dédommager de ce dérangement nocturne que nous vous donnons à vous, homme jeune et inconnu, des honoraires égaux à ceux que pourrait demander une des célébrités de votre profession. Cependant si vous préférez renoncer à l'affaire, naturellement, il n'y a rien de fait. »

Je pensai aux cinquante guinées qui tombaient si à point.

« — Pas du tout, dis-je, je serai très heureux de me conformer à vos désirs. Je voudrais cependant comprendre un peu plus clairement ce que vous me demandez.

« — Évidemment. Il est tout naturel que l'engagement que nous avons obtenu de vous ait excité votre curiosité. Je veux que vous agissiez en pleine connaissance de cause. Etes-vous bien sûr que personne n'écoute?

« — Absolument sûr.

« — Eh bien ! voici. Vous n'ignorez sans doute pas que la terre à foulon est un produit de valeur et qu'on n'en trouve en Angleterre que sur un ou deux points.

« — En effet.

« — Il y a quelque temps j'ai acheté une petite terre, très peu importante, à dix milles environ de Reading et j'ai eu la chance de découvrir un gisement de terre à foulon dans un de mes champs. Après examen, je constatai que ce gisement se continuait chez nos voisins de droite et de gauche, et se trouvait être chez eux beaucoup plus important que chez moi. Ces braves gens ignoraient absolument que leur terre renfermait un produit aussi précieux que l'or, et naturellement il était de mon intérêt de leur acheter ce terrain avant qu'ils en aient découvert la valeur. Malheureusement, je n'avais pas de capitaux suffisants pour faire cette acquisition. Je confiai ce secret à quelques amis, et ils me conseillèrent d'exploiter secrètement le petit gisement qui était chez moi et de réaliser par ce moyen la somme nécessaire à l'achat des terrains voisins. C'est ce que nous avons fait et, pour faciliter nos opérations, nous avons acheté une presse hydraulique. Cette presse, comme je vous l'ai déjà expliqué, s'est détraquée et nous désirons avoir votre avis à ce sujet. Mais nous gardons notre secret très soigneusement, car si l'on venait à savoir que des spécialistes hydrauliciens viennent chez nous, cela donnerait l'éveil; vous comprenez qu'une fois la vérité connue, adieu notre chance d'acheter ces terrains et d'accomplir notre projet. Voilà pourquoi je vous ai fait promettre de ne pas dire à âme qui vive que vous alliez à Eyford cette nuit. J'espère que vous m'avez bien compris?

« — Parfaitement. La seule chose que je ne saisisse pas très bien, c'est à quoi vous sert une presse hydraulique pour extraire de la terre à foulon que l'on trouve tout simplement en creusant.

« — Ah! dit-il, d'un air dégagé, nous avons un procédé à nous. Nous comprimons la terre en briquettes, pour pouvoir la transporter sans que l'on sache ce que c'est. Mais peu importe cette question de détail. Je vous ai maintenant tout dit, monsieur Hatherley, vous voyez quelle confiance j'ai en vous. »

Il se leva tout en parlant.

« — Je vous attends donc à Eyford, à onze heures et demie.

« — Je ne manquerai pas au rendez-vous.

« — Et pas un mot à âme qui vive. »

« Il me fixa d'un dernier et long regard plein de méfiance, et me serrant la main d'une étreinte froide et moite, il sortit rapidement.

« Lorsque j'eus repris mon sang-froid et que j'eus bien réfléchi à tout cela je trouvai très étrange le genre de travail qu'on me proposait ainsi. D'un côté, j'étais assez satisfait, car les honoraires étaient dix fois supérieurs à ceux que j'aurais pu demander et cette commande pourrait m'en amener d'autres. Mais, de l'autre côté, le visage et les manières de mon client m'avaient fait mauvaise impression, et je ne pouvais trouver dans son histoire de terre à foulon une explication suffisante à un voyage nocturne ni à un secret aussi absolu. Enfin, je mis de côté mes appréhensions; je dînai de bon appétit, et je m'embarquai à Paddington, sans avoir dévoilé quoi que ce soit de mon secret.

» A Reading, j'eus à changer non seulement de voiture, mais aussi de station. Je montai dans le dernier train se dirigeant sur Eyford, et j'arrivai à cette petite gare mal éclairée, à onze heures passées. J'étais le seul voyageur à destination d'Eyford et je ne vis personne sur le quai excepté un homme de peine endormi auprès de sa lanterne. Mais, à la sortie, je trouvai mon client qui m'attendait dans l'obscurité; sans dire un mot, il me prit par le bras et me fit monter dans une voiture dont la portière était ouverte. Il releva les vitres de chaque côté, frappa contre la paroi et le cheval partit au grand trot.

— Il n'y avait qu'un cheval? interrompit Holmes,

— Oui, un seul.

— Avez-vous vu de quelle couleur il était?

— Oui, à la lueur des lanternes je vis que c'était un alezan.

— Paraissait-il fatigué, ou fringant?

— Oh! fringant, et il avait le poil brillant.

— Merci. Pardon de vous avoir interrompu. Continuez, je vous prie, votre si intéressant récit.

— Nous partîmes donc et nous roulâmes pendant au moins une heure. Le colonel Lysander Stark m'avait dit que c'était à sept milles, mais je crois, à l'allure à laquelle nous marchions et au temps qui s'écoula entre le départ et l'arrivée, qu'il y avait plutôt douze milles que huit. Mon compagnon ne parlait pas et je sentais son regard fixé sur moi. La route devait être mauvaise, à en juger par les cahots de la voiture. J'essayai de regarder par les vitres, mais elles étaient en verre dé-

Elle perdit toute réserve et fit un pas en avant, en
se tordant les mains.

poli, et je ne pouvais qu'apercevoir vaguement l'éclat des lumières qui nous
croisaient. De temps en temps je hasardai
une remarque pour rompre la monotonie
du voyage, mais le colonel ne répondait
que par monosyllabes, et la conversation
tombait aussitôt. Enfin, les secousses de
la route furent remplacées par le roulement plus doux d'une allée sablée, et la
voiture s'arrêta. Le colonel Lysander
Stark sauta à terre le premier et, comme
je le suivais, il me fit entrer vivement
par une porte ouverte devant nous. Par
le fait, je ne fis, pour ainsi dire, qu'un
bond, de la voiture dans l'antichambre,
et ne pus, par conséquent, avoir le moindre
aperçu de la façade de la maison. Aussitôt
que j'eus franchi le seuil, la porte se referma lourdement, et j'entendis le roulement de la voiture qui s'éloignait.

« Il faisait noir comme dans un four à
l'intérieur, et le colonel cherchait à tâtons
des allumettes en grommelant tout bas.
Soudain une autre porte s'ouvrit à l'extrémité du corridor, et un long rayon de
lumière parvint jusqu'à nous. Puis parut
une femme, tenant une lampe au-dessus
de sa tête, et penchant le corps en avant
pour nous apercevoir. Elle me sembla
très jolie, et vêtue d'une riche étoffe,
autant que je pus en juger par les reflets
de cette étoffe à la lumière. Elle prononça
quelques mots dans une langue étrangère,
d'un ton interrogatif; mon compagnon
répondit d'un mot rude et bref, qui la fit
tressaillir au point que la lampe lui échappa
presque des mains. Le colonel Stark s'approcha d'elle, lui murmura quelque chose
à l'oreille, puis la poussant dans la chambre
d'où elle était sortie, revint vers moi, la
lampe à la main.

« — Voulez-vous avoir la bonté d'attendre ici quelques minutes, » dit-il en
ouvrant une porte.

La pièce dans laquelle je me trouvais était
meublée sobrement : au milieu une table
ronde sur laquelle se trouvaient épars
des livres allemands; près de la porte un

harmonium sur lequel le colonel Stark posa la lampe.

« — Je ne vous demande qu'un instant, » dit-il, et il s'éloigna dans l'obscurité.

« Je regardai les livres et malgré mon ignorance de l'allemand, je constatai que deux d'entre eux étaient des traités scientifiques, et les autres des livres de poésie. J'allai à la fenêtre, espérant voir la campagne, mais la fenêtre était fermée par un volet de chêne, assujetti au moyen d'une forte barre de fer. Cette maison était étonnamment silencieuse. En dehors du tic tac d'une vieille pendule dans le corridor, tout semblait mort dans cette demeure. Un vague sentiment de malaise commença à m'envahir. Qui étaient ces Allemands, et que faisaient-ils dans cet endroit étrange, écarté? Où était cet endroit? J'étais à dix milles ou à peu près, d'Eyford, c'est tout ce que je savais, mais au nord, au sud, à l'est, à l'ouest? impossible de s'en rendre compte. Pour me rassurer, je me disais que Reading, et peut-être d'autres grandes villes, se trouvaient dans ce rayon et qu'après tout l'endroit pouvait bien n'être pas aussi isolé que je l'avais cru tout d'abord. Cependant, d'après le calme environnant, il était bien certain que nous étions en pleine campagne. J'arpentais la pièce de long en large, fredonnant un air pour me donner du courage, et trouvant que je gagnais bien mes cinquante guinées.

« Soudain, sans que j'eusse entendu le moindre bruit et au milieu du silence le plus absolu, la porte s'ouvrit lentement. La femme que j'avais déjà vue apparut dans la baie, encadrée d'ombre; son beau visage intelligent, éclairé en plein par la lumière de la lampe, révélait une frayeur intense qu'elle me communiqua. Elle me fit signe d'un doigt tremblant de ne pas faire de bruit, puis elle me glissa à l'oreille quelques mots de mauvais anglais, tournant sans cesse les yeux vers la porte ouverte derrière elle, comme une bête traquée.

« — A votre place, je m'en irais, dit-elle, en essayant d'assurer sa voix; je ne resterais sûrement pas ici, vous n'êtes pas fait pour la besogne qui vous attend.

« — Mais, madame, dis-je, je n'ai pas encore accompli ma tâche. Je ne puis m'en aller sans avoir vu la machine.

« — Croyez-moi, poursuivit-elle, n'attendez pas. Vous pouvez passer par ici : il n'y a personne. »

« Et alors, voyant que je souriais en secouant la tête, elle perdit toute réserve et fit un pas en avant, en se tordant les mains.

« — Pour l'amour du ciel, murmura-t-elle, allez-vous-en, avant qu'il ne soit trop tard ! »

« Je suis malheureusement têtu par nature et d'autant plus disposé à m'aventurer dans une affaire que j'y rencontre plus d'obstacles. Je pensai à mes cinquante guinées, au voyage ennuyeux que je venais de faire, à la nuit désagréable qui m'attendait probablement. J'aurais donc fait tout cela pour rien? Pourquoi me sauverais-je, après tout, sans avoir rempli ma mission, et sans avoir reçu la rémunération à laquelle j'avais droit? Cette personne pouvait être folle ! Qu'en savais-je? Je secouai donc la tête d'un air résolu, bien que la façon d'agir de cette femme m'eût ému plus que je ne voulais l'avouer, et je déclarai nettement mon intention de rester où j'étais. Elle allait recommencer ses objurgations, lorsque j'entendis fermer une porte au premier étage et descendre l'escalier. Elle écouta un instant, leva les mains au ciel d'un air désespéré et disparut aussi vite et silencieusement qu'elle était venue.

« Les nouveaux arrivants étaient le colonel Lysander Stark et un petit homme gros, avec une barbe grisonnante qui sortait des plis de son double menton; ce dernier me fut présenté comme étant M. Ferguson.

« — C'est mon secrétaire et mon gérant, dit le colonel. Mais à propos, il me semble que j'avais fermé cette porte en m'en allant? Je crains que vous n'ayez été au courant d'air.

« — Au contraire, dis-je, j'ai ouvert parce que j'avais trop chaud. »

Il me jeta un coup d'œil méfiant.

« — Si nous parlions de notre affaire, dit-il. Nous allons, M. Ferguson et moi, vous mener voir la machine.

« — Faut-il prendre mon chapeau?

« — Oh, non, c'est dans la maison.

— Holà, colonel ! ouvrez-moi !

« — Quoi, vous tirez votre terre à foulon de la maison ?

« — Non, non. Nous ne faisons que la presser ici. Mais ne nous occupons pas de cela. Tout ce que nous désirons, c'est que vous examiniez la machine et que vous nous diiez ce qu'il y a de cassé ou de détraqué. »

« Nous montâmes ensemble, le colonel ouvrant la marche la lampe à la main, le gros gérant et moi le suivant de près. Cette vieille maison était un vrai labyrinthe, avec les corridors, des passages étroits, des escaliers tournants, de petites portes basses, dont les seuils étaient usés par les générations précédentes. Il n'y avait ni tapis, ni aucun ameublement en dehors du rez-de-chaussée, et le plâtre tombait des murs que l'humidité couvrait de taches vertes et malsaines. J'essayais de prendre un air indifférent, mais je ne pouvais complètement oublier les avis de la femme, quoique n'ayant pas voulu les écouter, et je ne perdais pas de vue mes deux compagnons. Ferguson semblait un homme morose et silencieux, mais au peu de mots qu'il dit, je compris que c'était au moins un compatriote.

« Le colonel Lysander Stark s'arrêta enfin devant une porte basse qu'il ouvrit. Elle donnait dans une petite pièce carrée où nous aurions eu peine à tenir tous les trois. Ferguson resta dehors, le colonel me fit entrer avec lui.

« — Nous sommes, dit-il, dans la presse hydraulique, et ce serait particulièrement désagréable pour nous, si quelqu'un la faisait fonctionner. Le plafond de cette pièce est, par le fait, le piston foulant qui vient frapper ce plancher de métal avec une force de plusieurs tonnes. Il y a au dehors des petites colonnes latérales qui renferment de l'eau, elles reçoivent la force et la communiquent multipliée, comme vous devez le savoir. La machine marche encore, mais elle semble offrir une certaine résistance, et elle a perdu sa force. Voulez-vous avoir l'obligeance de l'examiner et de nous dire ce qu'il y a à faire ? »

« Je lui pris la lampe des mains et commençai un minutieux examen. C'était un mécanisme gigantesque et capable d'exer-

cer une pression énorme. Je passai dehors ensuite, et abaissai les leviers de commande. Je reconnus immédiatement au son qu'il y avait une légère fuite, par laquelle l'eau s'échappait. Je découvris aussi que la garniture en caoutchouc d'une tige de piston s'était racornie et ne remplissait plus l'espace qu'elle devait obturer. C'était là sûrement la cause de la perte de force, et je l'indiquai à mes compagnons qui m'écoutèrent avec la plus grande attention et me posèrent quelques questions techniques sur la façon de procéder à la réparation. Quand je leur eus bien tout expliqué, je revins à la chambre du piston pour satisfaire de nouveau ma curiosité. Il sautait aux yeux que l'histoire de la pierre à foulon était une invention pure et simple. (Il eût été absurde, en effet, d'utiliser un engin d'une puissance si disproportionnée à cet objet.) Les parois de la pièce étaient en bois, mais je remarquai que le plancher, une auge en fer, était couvert d'une croûte métallique. Je m'étais baissé et la grattai déjà de l'ongle pour en reconnaître la nature, lorsque j'entendis une sourde exclamation en allemand, et vis la figure cadavéreuse du colonel penchée vers moi.

« — Que faites-vous ? » demanda-t-il.

« J'étais furieux de m'être laissé prendre à cette blague.

« — J'admirais votre terre à foulon, lui dis-je, il me semble que j'aurais pu vous donner des conseils plus efficaces, si j'avais su la vraie destination de votre machine.

« Je n'avais pas prononcé ces mots que je m'apercevais déjà de ma folie. Le visage de mon interlocuteur était devenu féroce et une lueur funeste brillait dans ses yeux gris.

« — Oh ! très bien, dit-il, vous allez tout savoir. »

« Il recula d'un pas, ferma violemment la porte et tourna la clef. Je me jetai sur le bouton, mais aucun de mes efforts ne put même l'ébranler.

« — Holà ! hurlai-je. Holà ! colonel ! Ouvrez-moi ! »

« Et alors, tout à coup, dans le silence de la nuit, j'entendis un bruit qui me figea le sang dans les veines. C'était le grincement des leviers, et la mise en marche du cylindre auquel j'avais découvert une fuite : le colonel avait mis la machine en mouvement ! La lampe était toujours sur le sol où je l'avais mise pour examiner l'auge. A sa lueur, je voyais le sombre plafond descendre lentement sur moi par saccades successives mais, personne ne pouvait le savoir mieux que moi — avec une force qui devait dans une minute me réduire à l'état de pulpe informe. Je me lançai contre la porte en appelant au secours, je me déchirai les doigts à la serrure, j'implorai le colonel de me laisser sortir ; mais le cliquetis impitoyable des leviers noyait ma voix. Le plafond n'était plus maintenant qu'à un pied ou deux au-dessus de ma tête et en levant la main j'en pouvais déjà toucher la surface dure et rugueuse. Alors, puisque la mort était inévitable, il fallait prendre une position qui la rendît la moins douloureuse possible. Si j'étais à plat ventre, le poids porterait d'abord sur l'épine dorsale, et je tressaillais à l'idée de l'horrible cassure qui s'ensuivrait. D'un autre côté, si je me couchais sur le dos, aurais-je le courage de regarder descendre sur moi cette ombre mortelle ? Déjà, je ne pouvais plus me tenir debout quand j'eus une vision qui me donna une lueur d'espoir.

« J'ai dit que le plafond et le plancher étaient en fer et les parois en bois. En jetant un dernier et rapide regard autour de moi, je vis un mince filet de lumière entre deux planches ; et bientôt un petit panneau qui s'ouvrait. Une seconde d'hésitation, le temps de me rendre compte que c'était bien une porte de salut et je me jetai comme un fou dans cette ouverture et tombai à moitié évanoui de l'autre côté de la paroi. Le panneau s'était refermé derrière moi ; quelques instants après, le bruit de la lampe broyée et des deux masses de métal se rejoignant me prouva combien je l'avais échappé belle !

« Je fus rappelé à moi par une violente pression au poignet, j'ouvris les yeux : j'étais étendu par terre dans un étroit corridor et une femme qui tenait une bougie était penchée sur moi, s'efforçant de m'entraîner avec la main qui lui restait libre. Je reconnus en elle cette même fée bienfaisante dont j'avais si follement repoussé les conseils.

« — Venez ! venez ! cria-t-elle hors d'elle-même. Ils vont être ici à l'instant. Ils vont voir que vous n'êtes pas là où ils vous ont laissé. Oh ! ne perdez pas un temps si précieux, venez ! »

« Cette fois au moins, je ne méprisai plus son avis. Je me relevai avec effort, et courus avec elle au bout du corridor où se trouvait un escalier tournant qui nous conduisit à un passage plus large. Au moment où nous y arrivions, nous entendîmes des pas accélérés et les éclats de deux voix se répondant d'un étage à l'autre. Mon guide s'arrêta perplexe, puis ouvrit brusquement une porte donnant accès sur une chambre, dont la fenêtre reflétait les rayons de la lune.

— Là est votre salut, dit-elle. C'est haut, mais je crois que vous pourrez sauter. »

« Au même moment, une lueur apparaissait à l'extrémité du corridor, éclairant la longue et mince silhouette du colonel Lysander Stark, qui, une lanterne à la main, courait en brandissant une espèce de couperet de boucher. Je courus à la fenêtre, je l'ouvris violemment et je regardai au dehors. Que tout était calme et paisible dans ce jardin éclairé par la lune ! Je n'étais pas à plus de trente pieds de hauteur : j'enjambai le rebord, mais ne voulus pas sauter avant d'avoir entendu ce qui allait se passer entre mon sauveur et le misérable qui me poursuivait. S'il la maltraitait, j'étais décidé à tout braver et à aller à son secours. J'avais à peine eu le temps de prendre ce parti que mon bourreau était déjà à la porte, repoussant la femme pour passer de force, tandis que celle-ci lui jetait ses bras autour du corps et essayait de l'arrêter.

« — Fritz, Fritz, cria-t-elle en anglais, rappelez-vous votre promesse de la dernière fois, de ne jamais, jamais recommencer. Il ne dira rien, oh ! il ne dira rien ! j'en suis sûre.

« — Vous êtes folle, Elise ! dit-il, en cherchant à se dégager. Vous voulez donc nous perdre tous ? Il en a trop vu. Laissez-moi passer ! »

« Il la repoussa violemment, et se précipitant à la fenêtre, me porta un coup de son arme. Je m'étais laissé tomber à bout de bras et je pendais au dehors, accroché au rebord de la fenêtre. Je sentis une douleur sourde, je lâchai prise et je tombai dans le jardin.

« J'étais étourdi, mais non blessé de ma chute, je me relevai et courus de toutes mes forces à travers les buissons, car je sentais bien que je n'étais pas encore hors de danger. Mais, soudain, le cœur me manqua, je regardai ma main où je sentais des élancements douloureux; je m'aperçus alors que mon pouce avait été coupé et que le sang coulait à flots de la blessure. J'essayai de la bander avec mon mouchoir, mais mes oreilles se mirent à bourdonner et je tombai évanoui au milieu des rosiers.

« Je ne saurais dire combien de temps je restai sans connaissance. Cela a dû être fort long, car la lune avait disparu et le jour commençait à poindre quand je revins à moi. Mes vêtements étaient humides de rosée, et ma manche trempée de sang. La douleur de ma blessure me rappela en un instant tous les incidents de la nuit, et je me relevai d'un bond à l'idée que je pouvais encore être poursuivi. Mais quel fut mon étonnement, en regardant autour de moi, de ne plus voir ni maison, ni jardin! J'étais au coin d'une haie, près de la grande route, et tout à côté, se trouvait une longue construction que je reconnus, en m'approchant, pour être la station même où j'étais descendu la nuit précédente. Sans ma vilaine blessure, tout ce qui s'était passé pendant ces terribles heures aurait pu n'être qu'un mauvais rêve.

« Tout étourdi, j'entrai dans la gare et je m'informai de l'heure des trains. Il y en avait un se dirigeant sur Reading dans moins d'une heure. Je reconnus l'employé pour l'avoir vu à l'arrivée. Je lui demandai s'il avait entendu parler du colonel Lysander Stark? Ce nom lui était tout à fait inconnu. S'il avait remarqué une voiture qui était venue m'attendre la nuit dernière? Non, il n'avait rien remarqué. Je m'informai alors d'un poste de police. Il y en avait un à trois milles, me fut-il répondu.

« Mais c'était trop loin pour moi, dans l'état de faiblesse où je me trouvais. Je dus donc attendre mon retour en ville, pour faire ma déposition. Il était un peu plus de six heures quand j'arrivai. Mon premier soin a été de me faire panser, puis le docteur a eu la bonté de m'amener ici. Je me remets entre vos mains et je ferai exactement ce que vous me direz. »

Nous restâmes quelque temps silencieux après cet extraordinaire récit. Puis Sherlock Holmes tira de la bibliothèque un des énormes registres où il rangeait ses découpures de journaux.

— Voilà une annonce qui vous intéressera, dit-il. Elle a paru dans tous les journaux, il y a environ un an. Ecoutez : « Disparu le 9 courant, Jeremiah « Hayling, âgé de vingt-six ans, ingénieur « hydraulicien. A quitté son logement à dix « heures du soir. Aucune nouvelle depuis. « Etait habillé, etc. » Ha! ceci représente, j'imagine, la dernière fois que le colonel a eu besoin de réparations à sa presse.

— Grand Dieu! s'écria mon malade. Mais cela explique ce que disait cette femme!

— Sans aucun doute. Il est certain que le colonel est un homme froid et résolu que rien n'arrête. Il est absolument décidé à ne jamais laisser contrecarrer ses plans, comme ces pirates qui ne laissent survivre personne sur les navires capturés. Eh bien! chacun de nos instants est précieux; si donc vous vous sentez la force, nous allons aller tout de suite à Scotland Yard et de là à Eyford.

Environ trois heures après, nous étions tous dans le train qui de Reading devait nous conduire au petit village du Berkshire qui avait été le théâtre du drame en question, tous, c'est-à-dire Sherlock Holmes, le mécanicien, l'inspecteur Bradstreet de Scotland Yard, un agent en civil et moi-même. Bradstreet avait étendu une carte militaire du comté sur ses genoux, et avait tracé au compas un cercle ayant Eyford pour centre.

— Voilà, dit-il. Ce cercle a dix milles de rayon. L'endroit que nous cherchons doit être quelque part là dedans. Vous avez bien dit dix milles, monsieur?

— J'ai dit : une bonne heure de voiture.

— Et vous pensez qu'on vous a fait refaire tout ce trajet pendant que vous étiez sans connaissance ?

— Il le faut bien. J'ai d'ailleurs le souvenir confus d'avoir été soulevé et transporté.

— Ce que je ne puis comprendre, dis-je, c'est qu'ils vous aient épargné quand ils vous ont trouvé évanoui dans le jardin. Peut-être le misérable se sera-t-il laissé attendrir par cette femme.

— Cela ne me paraît pas prouvé. Je n'ai jamais vu visage plus implacable.

— Oh ! nous éclaircirons bientôt tout cela, dit Bradstreet. Eh bien, voilà mon cercle et je voudrais bien savoir où se trouvent dans cet espace les gens que nous cherchons.

— Je crois que je pourrais vous désigner l'endroit, dit Holmes avec calme.

— Vraiment ! s'écria l'inspecteur, vous avez déjà une opinion sur cette affaire ? Nous allons voir qui de nous sera d'accord avec vous. Je dis que c'est au sud, parce que le pays est moins habité, par là.

— Moi, je suis pour l'est, dit mon malade.

— J'opine pour l'ouest, dit l'homme en civil. Il y a beaucoup d'habitations isolées de ce côté.

— Et moi, je suis pour le nord, dis-je à mon tour ; car c'est le côté de la plaine

Je tombai évanoui au milieu des rosiers.

et notre ami a affirmé qu'il n'avait monté aucune côte.

— Eh bien, s'écria l'inspecteur en riant. Voilà une jolie diversité d'opinions. Nous avons partagé les quatre points cardinaux entre nous. A qui donnez-vous votre voix, monsieur Holmes?

— Vous avez tous tort.

— Mais nous ne pouvons pas avoir *tous* tort.

— Oh! si, parfaitement. Voici mon point à moi, et il mit son doigt au centre du cercle. C'est là que nous les trouverons.

Bradstreet avait étendu une carte militaire du comté sur ses genoux.

— Mais la course de douze milles? dit Hatherley.

— Six pour aller et six pour revenir. Rien de plus simple. Vous avez dit que le cheval était frais. Comment aurait-il pu l'être, s'il avait déjà fait douze milles par des mauvais chemins?

— Ma foi, c'est une ruse très vraisemblable, observa Bradstreet, songeur. Naturellement, il ne peut pas y avoir de doute sur la nature de cette bande.

— Aucun, dit Holmes. Ce sont de faux monnayeurs sur une grande échelle et la presse leur sert à fabriquer l'amalgame qui remplace l'argent.

— Nous savions depuis quelque temps qu'il y avait une bande très habile qui fabriquait de la fausse monnaie. Ils ont frappé des demi-couronnes par milliers. Nous avons suivi leurs traces jusqu'à Reading, mais pas plus loin. Car ils avaient embrouillé les pistes d'une façon qui montre que ce sont de vieilles pratiques. Maintenant, grâce à cet heureux hasard, je crois que nous les tenons.

L'inspecteur se trompait. Ces malfaiteurs ne devaient pas tomber entre les mains de la justice. En arrivant à Eyford, nous vîmes une énorme colonne de fumée qui s'élevait au-dessus d'un bouquet d'arbres dans le voisinage, et qui s'étendait sur le paysage comme une immense plume d'autruche.

— Une maison qui brûle? demanda Bradstreet au chef de gare, au moment où le train repartait.

— Oui, monsieur.

— Quand cela a-t-il commencé?

— J'ai entendu dire cette nuit, monsieur, mais ça s'est aggravé, et maintenant tout flambe.

— A qui appartient la maison?

— Au docteur Becher.

— Dites-moi, interrompit le mécanicien, est-ce que le docteur Becher est un Allemand, très maigre, avec un long nez pointu?

Le chef de gare se mit à rire : « Non, monsieur, le docteur Becher est Anglais et il n'y a pas dans toute la paroisse un homme plus gras. Mais il a avec lui un monsieur, un malade, je crois, qui est étranger, et à qui un peu de bon bœuf du Berkshire ne ferait pas de mal.

Il n'avait pas fini de parler, que nous étions en marche dans la direction de l'incendie. La route gravissait une petite colline, et nous apercevions devant nous une grande maison blanche crachant le feu par chaque fenêtre et chaque fissure, tandis que trois pompes mises en batterie dans le jardin combattaient l'incendie mais sans grand résultat.

C'est cela ! s'écria Hatherley, au comble de l'agitation. Voici l'allée et les rosiers où je suis tombé, et c'est de cette fenêtre au second étage que j'ai sauté.

— Eh bien, au moins, dit Holmes, vous voilà vengé. Il n'est pas douteux que c'est votre lampe brisée par la presse qui a mis le feu aux parois de bois, et qu'ils ne s'en sont pas aperçus dans l'ardeur de la chasse qu'ils vous ont donnée. Regardez bien dans cette foule si vos amis de la nuit ne s'y trouvent pas : mais je crains bien qu'ils ne soient déjà à quelques cents bons milles d'ici. »

Les craintes de Holmes devaient se réaliser, car depuis ce jour nul n'a plus entendu parler de la jolie femme, du sinistre Allemand ou du sombre Anglais. Un paysan avait croisé de bonne heure, ce matin-là, une charrette contenant plusieurs personnes et de grandes caisses, roulant rapidement vers Reading; mais là, toute trace des fugitifs disparaissait, et l'ingéniosité même de Holmes ne put jamais découvrir le moindre indice qui le mît sur leur trace.

Les pompiers avaient été fort étonnés par les étranges dispositions intérieures de cette maison, et plus encore par la découverte sur la fenêtre du second étage d'un pouce humain récemment tranché.

Vers le soir enfin, leurs efforts furent couronnés de succès et on fut maître de l'incendie, mais le toit s'était effondré, et quelques tuyaux de fer de ce mécanisme qui avait coûté si cher à notre ami. On trouva de grandes quantités de nickel et d'étain, emmagasinées dans un hangar à côté de la maison; aucune pièce de monnaie, ce qu'explique la présence des grandes caisses dont on vient de parler.

Une empreinte bien conservée vint nous révéler comment le blessé avait été transporté du jardin à l'endroit où il retrouva ses sens.

Il avait été évidemment porté par deux personnes, dont l'une avait le pied remarquablement petit, et l'autre, au contraire, d'une taille démesurée. Il semble donc probable que le silencieux Anglais, moins hardi ou moins sauvage que son compagnon, ait aidé la femme à transporter l'homme évanoui à l'abri du danger.

— Eh bien, dit notre mécanicien tristement, en reprenant place dans le train, ça a été là une jolie affaire pour moi ! J'ai perdu mon pouce et mes cinquante guinées !

— Vous avez gagné de l'expérience, dit Holmes, en riant. Et, indirectement, cela a un autre avantage : car partout où vous narrerez cette aventure, vous vous ferez la réputation du conteur le plus intéressant du monde. »

L'ARISTOCRATIQUE CÉLIBATAIRE

E mariage de lord Saint-Simon, et son curieux dénouement, a cessé depuis longtemps d'être un sujet d'intérêt dans le milieu aristocratique qui forme l'entourage de l'infortuné marié. De nouveaux scandales l'ont éclipsé, et leurs détails plus piquants ont détourné les conversations de ce drame déjà vieux de quatre ans. Mais les faits qui s'y rattachent n'ont jamais été bien connus du public; de plus mon ami Sherlock Holmes a grandement participé à la solution du problème, et en publiant ces mémoires je croirais manquer à ma tâche en ne relatant pas cet étrange épisode.

Quelques semaines avant mon mariage, au temps où je demeurais avec Holmes, dans Baker street, mon ami, au retour d'une promenade, trouva une lettre sur la table du salon. Je n'étais pas sorti de la journée; le temps s'était mis à la pluie et au vent; je souffrais de la balle dont j'avais été atteint par les Jézaïls lors de ma campagne d'Afghanistan, et qui n'avait pu être extraite. Donc, allongé sur une chaise, les jambes croisées, je m'étais entouré d'un monceau de journaux. Lors-

que je les eus tous lus et éparpillés autour de moi, je demeurai paresseusement étendu, sans penser à grand'chose, me demandant toutefois de qui pouvait venir la lettre dont j'avais sous les yeux le cachet armorié.

— Vous avez là une lettre très élégante, dis-je à Holmes quand il rentra. Cela contraste avec vos lettres de ce matin, qui, si je ne me trompe, étaient écrites par un marchand de poissons et par un douanier.

— Oui, ma correspondance a certainement le charme de la variété, me répondit-il en souriant, et les plus humbles missives sont souvent les plus intéressantes. Celle-ci m'a tout l'air d'une de ces malencontreuses convocations à vous ennuyer ou à mentir. »

Il brisa le cachet et parcourut la lettre.

« Oh! mais voilà qui pourrait bien ne pas être banal.

— Rien de mondain, alors?

— Non, non, c'est tout à fait professionnel.

— Et cela vient d'un membre de l'aristocratie?

— D'un des premiers de l'Angleterre.

— Mon cher ami, je vous félicite.

— Je vous assure, Watson, et cela sans la moindre affectation, que la position sociale d'un client m'est parfaitement indifférente ; je ne considère jamais que le plus ou moins d'intérêt de son affaire, et il est possible que celle-ci en présente une certaine dose. Vous avez lu les journaux d'une façon suivie, dernièrement, n'est-ce pas ?

— Plutôt,— dis-je mélancoliquement en désignant du doigt un énorme tas de journaux qui gisaient dans un coin, — je n'ai pas autre chose à faire.

— C'est très heureux, car vous allez peut-être pouvoir me renseigner. Je ne lis que les nouvelles judiciaires et les correspondances personnelles : celles-ci sont toujours instructives. Mais si vous êtes bien au courant des nouvelles, vous devez connaître l'histoire de lord Saint-Simon et de son mariage?

— Oh ! oui, je l'ai suivie avec le plus grand intérêt.

— Tout va bien. Cette lettre est précisément de lord Saint-Simon. Je vais vous la lire, et, en échange, vous me chercherez dans ces journaux tout ce qui a trait à ce sujet. Voici ce qu'il dit :

« Mon cher monsieur Sherlock Holmes,

« Lord Backwater m'affirme que je « puis m'en rapporter entièrement à votre « jugement et à votre discrétion. Je me « suis donc décidé à venir vous voir, et « à vous consulter au sujet de l'incident « si pénible qui s'est produit lors de mon « mariage. M. Lestrade, de Scotland Yard, « s'occupe déjà de l'affaire, mais il m'as- « sure qu'il ne voit aucun inconvénient « à votre coopération, qu'il la juge même « très utile. Je passerai chez vous à quatre « heures de l'après-midi, et si vous aviez « quelque autre engagement à cette heure- « là, j'espère que vous voudrez bien vous « rendre libre, car je viens vous entretenir « d'une chose de la plus haute importance.

« Sincèrement à vous.

« Robert SAINT-SIMON. »

« C'est daté de Grosvenor Mansions, c'est écrit avec une plume d'oie, et le noble lord a eu la guigne de tacher d'encre le bord extérieur du petit doigt de sa main droite, remarqua Holmes en repliant la lettre.

« Il dit quatre heures. Il en est trois. Il sera par conséquent ici dans une heure.

« J'ai donc juste le temps, avec votre concours, de me mettre au courant. Parcourez ces journaux, et mettez-moi ces articles par ordre de date pendant que je vais voir qui est notre client. »

Il prit un volume rouge dans une série d'annuaires à côté de la cheminée.

— Le voilà, dit-il, en s'asseyant et en ouvrant le livre sur ses genoux :

« Robert Walsingham de Vere Saint-Simon, second fils du duc de Balmoral... Hum !

« Armoiries : d'azur aux trois croix de « Malte en chef, et à la fasce de sable. Né en 1846. »

« Il a quarante et un ans, ce qui est un âge mûr pour se marier. Il était sous-secrétaire aux Colonies dans le dernier ministère. Le duc, son père, a été, à un moment, ministre des Affaires étrangères. Ils descendent en ligne droite des Plantagenets, et des Tudor par les femmes.

« Ha ! Je ne vois rien de très instructif dans tout cela. Je crois que j'aurai recours à vous, Watson, pour obtenir des renseignements plus sérieux.

— C'est très facile, dis-je, car les faits sont tout récents et m'avaient particulièrement frappé. Je ne vous en avais pas parlé, parce que vous aviez déjà une enquête sur le chantier et que vous n'aimez pas dans ces cas-là à être détourné de votre but.

— Oh ! vous voulez parler du petit problème de la voiture de déménagement de Grasvenov square; c'est tout à fait tiré au clair maintenant, et la solution du reste sautait aux yeux dès le début. Voyons, donnez-moi le résumé de vos articles de journaux.

— Voici la première mention de cette affaire; je la trouve dans la colonne du *Morning Post* intitulée « Personnel » et l'article remonte à quelques semaines : « On annonce les fiançailles, et le prochain

« mariage de lord Robert Saint-Simon,
« second fils du duc de Balmoral, avec
« miss Hatty Doran, fille unique de
« Aloysius Doran Esquire, de San-Fran-
« cisco, Californie, Etats-Unis. » Un point,
c'est tout.

— Net et concis, remarqua Holmes. en

« lustres maisons de la Grande-Bretagne
« s'allient à nos belles cousines de l'autre
« côté de l'Atlantique.

« La liste des prix remportés par ces
« charmantes envahisseuses s'est encore
« allongée la semaine dernière. Lord Saint-
« Simon, qui s'était montré vingt ans
« durant rebelle au mariage, vient d'an-
« noncer officiellement ses fiançailles avec
« Miss Hatty Doran, la séduisante fille
« d'un millionnaire californien. Miss Doran,

Une femme essaya d'entrer de force
dans la maison.

se rapprochant du feu pour se chauffer
les jambes.

— Je croyais avoir vu un entrefilet plus
détaillé, dans une des feuilles mondaines
de la même semaine. Ah ! le voici : « Il
« faudra bientôt appliquer le protection-
« nisme à notre marché matrimonial, car
« les principes actuels de libre échange
« semblent dangereux pour nos produits
« nationaux. L'une après l'autre les il-

« dont la tournure gracieuse et les traits
« charmants avaient vivement attiré l'at-
« tention aux fêtes de Westburg House,
« est fille unique, et l'on dit couramment
« que sa dot sera représentée par plus de
« six chiffres, avec des espérances dans
« l'avenir.

« Il est de notoriété publique que le duc
« de Balmoral a dû vendre ses tableaux,
« il y a quelques années, et comme lord

« Saint-Simon n'a pas d'autre terre que
« celle peu importante de Birchmoor, il
« est évident que l'héritière californienne
« n'est pas la seule à trouver des avantages
« dans une alliance qui, chose facile et
« fréquente de nos jours, transformera
« une républicaine en une grande dame
« anglaise. »

— Rien d'autre? demande Holmes en
bâillant.

— Pardon, je continue. Toujours dans
le *Morning Post* je trouve un article disant que le mariage se fera dans la plus
stricte intimité, qu'il aura lieu à Saint-
Georges, Hanover Square, que seuls une
demi-douzaine d'amis seront convoqués,
et qu'après la cérémonie ils se rendront
à la maison de Lancaster Gate, qu'a louée
toute meublée M. Aloysius Doran. Deux
jours après — c'est-à-dire mercredi dernier — on raconte que le mariage a eu lieu,
et que le voyage de noces se fera chez lord
Backwater, auprès de Petersfield. Voilà
tout ce qui a été publié avant l'article
annonçant la disparition de la mariée.

— Avant la quoi? demanda Holmes,
en sautant sur sa chaise.

— La disparition de la mariée.

— Quand a-t-elle disparu?

— Pendant le déjeuner, après la cérémonie.

— Vraiment ? Mais c'est bien plus intéressant que je ne l'avais cru tout d'abord,
c'est même très dramatique.

— Oui, cela me paraît sortir de l'ordinaire.

— J'ai souvent vu des disparitions
avant la cérémonie, et quelquefois pendant la lune de miel; mais je ne connais
pas d'exemple d'une fuite aussi prompte.
Donnez-moi tous les détails, je vous prie.

— Je vous préviens qu'ils sont très
incomplets.

— Nous pourrons peut-être y remédier.

— Voici un article d'un journal du
matin, où je les ai trouvés tous condensés.
Il est intitulé : *Singulier incident à un
grand mariage.*

« La famille de lord Robert Saint-Simon
« est plongée dans la consternation par
« les étranges et pénibles incidents qui ont
« accompagné son mariage. La cérémonie
« a eu lieu hier, comme les journaux l'a-
« vaient annoncé. Mais ce n'est qu'au-
« jourd'hui qu'il nous a été possible de
« vérifier les étranges rumeurs qui se sont
« répandues à cette occasion. Malgré les
« efforts des amis de la famille pour étouf-
« fer l'affaire, elle est devenue publique
« et il n'y a plus aucun intérêt à taire un
« événement qui défraye toutes les con-
« versations.

« La cérémonie, très simple, eut lieu
« à Saint-Georges, Hanover Square; seuls
« y assistaient le père de la mariée.
« M. Aloysius Doran, la duchesse de Balmo
« ral, lord Backwater, lord Eustace, et lady
« Clara Saint-Simon (frère et sœur du marié),
« et lady Alicia Whittington. Tous se ren-
« dirent ensuite chez M. Aloysius Doran,
« à Lancaster Gate, où un déjeuner avait
« été préparé. Il paraît qu'à un moment
« donné une femme, dont on n'a pas su
« le nom, essaya d'entrer de force dans
« la maison, prétendant qu'elle avait des
« droits sur lord Saint-Simon. Cela causa
« une certaine émotion. Ce n'est qu'après
« une scène pénible et prolongée qu'elle
« put être mise à la porte par le maître
« d'hôtel et le valet de pied.

« La mariée, qui était heureusement
« arrivée avant cet incident désagréable,
« s'était mise à table avec tout le monde.
« Mais, se sentant subitement indisposée,
« elle rentra quelques instants après dans
« sa chambre. Son absence se prolongeant,
« son père alla la chercher, et apprit alors
« de la femme de chambre qu'elle n'était
« venue que pour prendre un chapeau et
« un manteau et redescendre. Un des va-
« lets de pied déclara avoir vu une dame
« quitter la maison, vêtue d'un long man-
« teau, mais n'avait pu croire un instant
« que ce fût lady Saint-Simon.

« Dès qu'il eut connu cette disparition,
« M. Aloysius Doran, accompagné de son
« gendre, se mit immédiatement en rapport
« avec la police et déposa une plainte.

« L'enquête qui se poursuit en ce mo-
« ment éclaircira vite, espérons-le, cette
« singulière affaire. Toutefois, hier soir,
« à la dernière heure, on n'avait aucun
« indice sur le refuge de la dame. On redoute
« un crime et on dit que la police a arrêté
« la femme qui avait voulu pénétrer de
« force dans la maison. On suppose que,

« soit par jalousie, soit pour quelque autre
« motif, cette femme a joué un rôle dans
« l'affaire. »

— Et c'est tout?

— Encore un entrefilet dans un autre
journal du matin, mais suggestif celui-là.

— Il dit?

— Que Miss Flora Millar, la femme en
question, est sous les verrous. Il paraît
qu'elle avait été danseuse à l'Allegro. et
qu'elle connaissait le marié depuis plusieurs années. Pas d'autres détails. Vous
voilà maintenant renseigné sur tout ce
qui a été publié au sujet de ce mariage.

— C'est fort intéressant. Je ne voudrais pas pour un empire avoir manqué
l'occasion d'étudier une cause comme
celle-ci. Mais on sonne, Watson, et comme
il est près de quatre heures, je ne doute pas
que ce ne soit notre aristocratique client.
N'allez pas vous retirer; je préfère de beaucoup avoir un témoin, ne fût-ce que pour
contrôler mes propres souvenirs.

« Lord Robert Saint-Simon », annonça le
groom, en ouvrant la porte et en livrant
passage à un gentilhomme à la physionomie
agréable et intelligente. Une légère pâleur
était répandue sur ses traits. Il avait le nez
long, la bouche volontaire, l'œil calme et
assuré de l'homme né pour commander
et être obéi. Il avait de l'agilité dans les
mouvements, mais son dos un peu voûté
et une légère flexion du genou le faisait
paraître plus âgé qu'il ne l'était réellement.
Quand il ôta son chapeau aux bords très
relevés, nous vîmes que ses cheveux étaient
gris sur les tempes et rares sur le sommet
de sa tête. Sa mise était des plus soignée,
recherchée même. Il portait un col très
haut, une redingote noire avec un gilet
blanc, des gants jaunes, des bottines
vernies et des guêtres de couleur claire.
Il s'avança lentement dans la chambre,
regardant de droite et de gauche, et
jouant de la main droite avec le cordon de
son pince-nez cerclé d'or.

— Bonjour, lord Saint-Simon, dit Holmes, en se levant pour saluer. Veuillez
prendre un fauteuil, et permettez-moi
de vous présenter mon ami et collègue, le
docteur Watson. Approchez-vous du feu,
et exposez-moi votre affaire.

— Une affaire des plus pénibles pour
moi, comme vous pouvez l'imaginer,
monsieur Holmes. J'ai été blessé au vif.
Il me semble que vous avez déjà résolu
plusieurs questions délicates de ce genre,
mais je présume que les héros n'étaient
pas gens du monde.

— Je dois vous avouer que cette fois
je descends d'un cran.

— Que dites-vous?

— Mon dernier client, dans un cas ana-
logue, était un souverain.

— Oh ! vraiment ! Je ne m'en doutais
pas. Lequel?

— Le roi de Scandinavie.

— Quoi ! Cherchait-il sa femme?

— Vous comprendrez, dit Holmes avec
douceur, que j'apporte aux affaires de mes
autres clients la discrétion à laquelle je
m'engage vis-à-vis de vous.

— Naturellement ! C'est juste ! très
juste ! je vous fais toutes mes excuses.
Pour ce qui me concerne, je suis prêt à
vous fournir toutes les informations qui
pourraient vous être utiles.

— Merci. Je suis au courant de tout
ce qui a été publié, rien de plus. Veuillez
me dire, par exemple, si cet article qui
relate la disparition de la mariée est ri-
goureusement exact.

Lord Saint-Simon le parcourut.

— Oui, tout ceci est vrai.

— Mais cela ne me suffit pas pour me
faire une opinion. Je pense que le moyen
le plus simple serait de vous interroger.

— Je vous le demande.

— Quand avez-vous rencontré Miss
Hatty Doran pour la première fois?

— A San-Francisco, il y a un an.

— Vous voyagiez aux Etats-Unis ?

— Oui.

— Vous êtes-vous fiancés à ce moment-
là ?

— Non.

— Mais vous aviez déjà avec elle de
bonnes relations d'amitié?

— Je la trouvais agréable et amusante;
elle s'en apercevait sûrement.

— Son père est très riche?

— On dit que c'est l'homme le plus
riche de la côte du Pacifique.

— Comment a-t-il fait sa fortune?

— Dans les mines. Il n'avait pas un
sou, il y a quelques années. Il trouva le

Elle était habituée
à errer seule dans
les bois et les
montagnes.

filon, fit de bons placements, et s'enrichit.

— Maintenant, quel est votre avis sur le caractère de la jeune femme... de votre femme? »

Le gentilhomme agita nerveusement son pince-nez, et regarda fixement le feu.

— Voyez-vous, monsieur Holmes, ma femme avait vingt ans lorsque son père devint un richard. Elle était habituée à courir seule dans un campement de mineurs, à errer dans les bois et les montagnes, de sorte qu'elle s'est élevée seule en face de la nature, et qu'on n'a jamais eu recours pour elle à des professeurs. Elle est ce que nous appelons en Angleterre un luron, avec une constitution vigoureuse, une nature indépendante et indisciplinée, libre de toute tradition. Elle est impétueuse, volcanique, allais-je dire, rapide dans les décisions qu'elle exécute sans se préoccuper des conséquences. Mais je ne lui aurais pas donné le nom que j'ai l'honneur de porter (ici il toussa et prit un air digne), si je ne l'avais pas crue douée de sentiments élevés. J'estime qu'elle est capable des plus héroïques sacrifices et qu'il lui serait impossible de faire quoi que ce soit de déshonorant.

— Avez-vous sa photographie?

— J'ai apporté ceci. »

Il ouvrit un médaillon, et nous montra le portrait d'une femme ravissante. Ce n'était pas une photographie, mais une miniature sur ivoire et l'artiste avait admirablement rendu les cheveux d'un noir de jais, les grands yeux foncés, la bouche exquise du modèle. Holmes l'examina longtemps avec attention. Puis il referma le médaillon, et le rendit à lord Saint-Simon.

— Alors la jeune fille vint à Londres où vous avez eu l'occasion de la voir souvent?

— Oui, son père l'avait amenée pour la saison. Je la rencontrai dans le monde, nous nous fiançâmes et enfin je l'épousai.

— Elle vous apportait, je crois, une dot considérable?

— Une dot simplement convenable, comme celle qu'on apporte d'habitude dans ma famille.

— Et cette dot, bien entendu, vous reste, maintenant que le mariage est un fait accompli?

— Je dois vous avouer que je n'en sais trop rien et que je ne l'ai pas demandé.

— Oh! naturellement. Aviez-vous vu Miss Doran la veille du mariage?

— Oui.

— Était-elle gaie?

— Plus que jamais, et elle ne cessait de faire des plans pour notre vie en ménage.

— Vraiment? C'est un détail plein d'intérêt. Et le matin du mariage?

— Elle fut aussi gaie que possible, du moins jusqu'après la cérémonie.

— Et vous avez observé un changement à ce moment-là?

— Eh bien, à vous dire vrai, elle me donna alors un échantillon de sa vivacité de caractère. Mais l'incident est trop insignifiant pour en parler, il ne peut avoir aucune importance.

— Racontez-le malgré tout.

— Oh! c'est enfantin. En allant à la sacristie, elle laissa tomber son bouquet, sur le premier banc. Il y eut un moment d'arrêt dans le cortège, mais le monsieur qui était dans ce banc le lui ramassa, et les fleurs n'avaient assurément pas souffert de cette chute. Malgré cela, elle me répondit brusquement lorsque je fis allusion à la chose, et dans la voiture, entre l'église et la maison, elle me parut d'une agitation ridicule. Avouez que le fait était bien insignifiant.

— En effet. Vous parlez d'un individu qui était dans le banc. Il y avait donc une assistance?

— Oh oui! Il est impossible d'empêcher le public d'entrer lorsque l'église est ouverte.

— Ce monsieur n'était pas un ami de votre femme?

— Non, non; je l'appelle monsieur, par courtoisie, c'était un homme très commun. Je l'ai à peine regardé, du reste. Mais il me semble que nous nous écartons beaucoup de notre sujet.

— Lady Saint-Simon était donc dans une disposition d'esprit beaucoup moins heureuse en revenant de la cérémonie qu'en y allant. Que fit-elle en rentrant chez son père?

— Je l'ai vue causer avec sa femme de chambre.

— Qu'est-ce que c'est que cette femme?

— Elle s'appelle Alice, elle est Américaine, et elle est venue de Californie avec ses maîtres.

— C'est une personne de confiance?

— A mon avis, elle sort de son rôle et sa maîtresse lui passe beaucoup trop de libertés. Maintenant, en Amérique on n'a pas là-dessus la même manière de voir que nous.

— Combien de temps causa-t-elle avec cette Alice?

— Oh ! quelques minutes. J'avais bien autre chose en tête et je n'y fis guère attention.

— Vous n'avez pas entendu ce qu'elles disaient?

— Lady Saint-Simon parla d'enlever une concession, et cela avec l'expression d'argot dont les mineurs se servent. Je n'ai aucune idée de ce qu'elle a voulu dire.

— L'argot américain est très expressif parfois. Et que fit votre femme quand elle eut fini de causer avec sa femme de chambre?

— Elle entra dans la salle à manger.

— A votre bras?

— Non, seule. Elle est très indépendante dans l'habitude de la vie. Au bout de dix minutes, à peu près, elle se leva brusquement, murmura quelques mots d'excuse, et sortit. Elle n'est pas revenue depuis.

— Mais cette Alice raconte, je crois, que votre femme entra dans sa chambre, dissimula son costume de mariée sous un long ulster, mit un chapeau et sortit?

— C'est bien cela. On l'a vue ensuite se promenant dans Hyde-Park avec Flora Millar, une femme qui est arrêtée maintenant, et qui, le matin, avait fait quelque tapage à la porte de M. Doran.

— Oh oui ! Il me faudrait quelques détails sur cette dame et sur vos relations avec elle. »

Lord Saint-Simon haussa les épaules et fronça le sourcil.

— Nous avons eu des relations amicales, je dirai même très amicales pendant quelques années. Elle était à l'Allegro. Je l'ai traitée plutôt généreusement, et elle n'a pas de raisons de se plaindre de moi ; mais vous savez comment sont les femmes, monsieur Holmes. Flora, quoique charmante et très attachée à moi, a la tête chaude. Elle m'a écrit des lettres injurieuses lorsqu'elle a appris mon mariage; et pour dire la vérité, si j'ai voulu que la cérémonie fût aussi simple, c'est parce que je craignais un scandale à l'église. Elle arriva chez M. Doran au moment où

nous venions de rentrer, et essaya de forcer le passage, employant des expressions insultantes pour ma femme et très menaçantes pour moi : mais j'avais prévu cette éventualité et donné aux domestiques l'ordre de la pousser dehors. Elle se calma quand elle vit que ce tapage ne servait à rien.

— Votre femme a-t-elle entendu la scène?

— Non, grâce au ciel.

— Et on l'a vue se promener ensuite avec cette même femme?

— Oui. C'est ce que M. Lestrade, de Scotland Yard, considère comme très grave. On pense que Flora attira ma femme au dehors pour la faire tomber dans quelque piège.

— C'est plausible.

— Vous êtes de cet avis?

— Je n'ai pas dit probable, mais plausible; vous n'admettez pas cette hypothèse?

— Non, je ne crois pas Flora capable de faire du mal à une mouche.

— Pourtant la jalousie transforme terriblement les caractères. Et... quelle est votre opinion sur ce qui s'est passé?

— En réalité, je suis venu ici m'en faire une et non exposer la mienne. Je vous ai tout raconté. Mais puisque vous voulez savoir ce que je pense, je vous dirai que les émotions de la cérémonie, l'idée de la position sociale dans laquelle elle se trouvait tout à coup transportée, ont pu produire quelque désordre nerveux dans le cerveau de ma femme.

— C'est-à-dire qu'elle serait devenue folle?

— Réellement, quand je pense qu'elle a tourné le dos — je ne dirai pas à moi, mais à tout ce que tant d'autres ont envié sans succès — je ne puis trouver d'autre explication.

— Oui, c'est assurément une hypothèse, dit Holmes en souriant. Et maintenant, lord Saint-Simon, je crois que je suis bien renseigné. Ah ! voudriez-vous me dire encore une chose? Etiez-vous assis à table de façon à voir la fenêtre?

— Nous étions en face et nous pouvions voir l'autre côté de la rue et le parc.

— Très bien. Allons, je crois inutile

de vous retenir plus longtemps. Je vous écrirai.

— Si vous êtes assez heureux pour résoudre ce problème, dit notre client en se levant.

— Je l'ai résolu.

— Eh ! quoi?

— Je dis que je l'ai résolu.

Alors, où est ma femme?

— Ceci est un détail que je connaîtrai rapidement. »

Lord Saint-Simon secoua la tête : « Je crains qu'il ne faille des gens plus forts que vous ou moi pour y arriver », remarqua-t-il, et saluant d'une façon digne et un peu antique, il sortit.

— Lord Saint-Simon me fait grand honneur en mettant son intelligence au même niveau que la mienne, dit Sherlock Holmes en riant. Je crois qu'après cet interrogatoire, je vais m'offrir un whisky et soda, et fumer un cigare. Ma conviction était déjà faite avant que notre client n'entrât.

— Voyons, Holmes?

— J'ai noté plusieurs cas analogues, avec cette différence toutefois que jamais dénouement n'a été aussi rapide que celui-ci. Mon enquête n'a fait que changer ma conjecture en certitude. Le témoignage est parfois très convaincant, surtout lorsqu'on trouve une truite dans du lait, pour citer l'exemple de Thoreau.

— Mais j'en ai entendu autant que vous et je ne suis pas plus avancé.

— Parce que vous ne connaissez pas les faits analogues qui m'ont servi de base. Une affaire semblable se déroula à Aberdeen, il y a quelques années; une autre du même genre à Munich, l'année qui a suivi la guerre franco-prussienne. C'est un de ces cas... mais voici Lestrade ! Bonjour !

« Prenez un verre sur le buffet, et un cigare dans cette boîte. »

Le détective officiel était vêtu d'une blouse de marin et la cravate qui complétait son costume achevait de lui donner une apparence tout à fait nautique; il portait à la main un sac de toile noire. Il salua sèchement, puis s'assit, et alluma le cigare qui lui avait été offert..

— Qu'est-ce qu'il y a? demanda Holmes en me faisant signe du coin de l'œil. Vous n'avez pas l'air content.

— Et je ne le suis pas. J'ai sur les bras cette infernale affaire du mariage de lord Saint-Simon, qui n'a ni queue ni tête.

— Vraiment, vous m'étonnez.

— A-t-on jamais vu une affaire plus embrouillée? Aucune piste n'aboutit. J'y ai travaillé toute la journée.

— Et vous êtes trempé, dit Holmes, en posant la main sur la manche de sa blouse.

— Oui, j'ai dragué la Serpentine.

— Pourquoi faire, bon Dieu?

— Pour chercher le corps de lady Saint-Simon. »

Sherlock Holmes, renversé dans sa chaise, éclata de rire.

— Avez-vous aussi dragué le bassin de Trafalgar Square? demanda-t-il.

— Pourquoi? que voulez-vous dire?

— Parce que vous auriez tout autant de chances de trouver le corps de cette femme dans un endroit que dans l'autre. »

Lestrade lui lança un regard de colère.

— Je suppose que vous savez tout alors, dit-il en ricanant.

— Ma foi, je viens seulement d'apprendre le récit de l'événement, mais ma conviction est faite.

— Oh, vraiment. Vous pensez que la Serpentine n'a rien à voir là dedans?

— Cela me paraît très probable.

— Alors, auriez-vous la bonté de m'expliquer comment il se fait que nous y avons trouvé ceci? »

Il ouvrit son sac et en tira un costume de mariée en soie, une paire de souliers en satin blanc, une couronne et un voile, tout cela dégouttant d'eau. « Là, dit-il, en mettant sur le tas un anneau de mariage. Voilà de quoi vous amuser, monsieur Holmes. »

— Oh, vraiment, répondit-il, en lançant des nuages de fumée vers le plafond. Vous avez trouvé ces objets en draguant la Serpentine?

— Non. Un gardien les a trouvés flottant près du bord. On les a reconnus comme étant les vêtements de lady Saint-Simon, et je pense que si les habits ont été trouvés là, le corps ne doit pas être loin.

Un camp de mineurs attaqué par les Indiens apâches.

— Si votre raisonnement est juste, le corps de tout homme doit se trouver là où est son armoire à vêtements. Et dites-moi, à quelle conclusion pensez-vous arriver?

— A la preuve que Flora Millar est impliquée dans la disparition de la dame.

— Je crains que ce ne soit difficile.

— Oh! vous croyez? s'écria Lestrade avec une certaine amertume. Je crains, moi, Holmes, que vous ne manquiez d'esprit pratique avec toute votre logique et vos déductions. Vous venez de commettre deux grosses erreurs en moins de temps qu'il n'en faut pour le dire. Ce vêtement seul est une charge contre Flora Millar.

— Et comment?

— Dans le vêtement, il y a une poche. Dans la poche, un carnet. Dans le carnet, une lettre. Et voici cette lettre. »

Il l'appliqua de la main sur la table.

« Ecoutez ceci : « Quand vous me verrez, « tout sera prêt : Venez immédiatement « F. H. M. » Ma théorie, à moi, a toujours été que lady Saint-Simon a été attirée au dehors par Flora Millar, et qu'elle est, avec des complices assurément, responsable de sa disparition. Vous avez là, signée de ses initiales, la lettre qui a sans doute été discrètement glissée à la porte de lady Saint-Simon et qui l'a fait tomber entre les mains de cette bande.

— Très bien, Lestrade, dit Holmes, en riant. Vous êtes réellement très fort. Laissez-moi voir. »

Il prit le papier négligemment, mais s'absorba dans sa lecture et poussa tout à coup un cri de satisfaction. « Oh, oh, c'est important, ceci, dit-il.

— Ha, vous trouvez?

— Tout à fait. Je vous félicite chaudement. »

Lestrade se leva triomphant, et regardant le papier :

« Mais, cria-t-il, vous le lisez à l'envers.

— Au contraire, ceci est l'endroit.

— L'endroit! Vous êtes fou! C'est de ce côté que se trouvent les lignes tracées au crayon.

— Et je vois ici un fragment de note d'hôtel, qui m'intéresse extrêmement.

— Je l'ai lue comme vous, dit Lestrade.

Cela n'a rien de bien curieux : « 4 octobre, « chambre 8 shillings, déjeuner 2 shillings « 6 pence, cocktail, 1 shilling, 1 verre de sherry, 8 pence. » C'est insignifiant.

— A votre avis peut-être, cela n'en a pas moins une très grande importance. Quant au mot écrit, il a sa valeur aussi, ou du moins les initiales, c'est pourquoi je vous félicite encore.

— J'ai déjà assez perdu de temps, dit Lestrade en se levant. J'ai plus de confiance dans un travail sérieux, que dans les théories que l'on se forge au coin du feu. A bientôt, monsieur Holmes, nous verrons qui arrivera le premier à découvrir la vérité. »

Il ramassa les vêtements, les remit dans le sac, et gagna la porte.

— Ecoutez, Lestrade : un mot seulement; je vais vous donner la vraie solution. Lady Saint-Simon est un mythe. Il n'y en a pas, et il n'y en a jamais eu. »

Lestrade le regarda avec pitié. Puis, se tournant vers moi, il se frappa le front trois fois, secoua la tête lentement et se retira.

Il avait à peine fermé la porte que Holmes se leva et mit son pardessus.

— Il y a quelque chose de vrai dans ce qu'il vient de dire; il faut que je me livre à une enquête; aussi, Watson, vais-je vous laisser à vos journaux. »

Il était plus de cinq heures quand Sherlock Holmes me quitta, mais je n'eus pas le temps de m'ennuyer, car moins d'une heure après arriva le commis d'un pâtissier, avec une grande boîte plate. Il la déballa avec l'aide d'un gamin qu'il avait amené avec lui et je vis, à mon grand étonnement, disposer, sur l'humble table d'acajou de notre appartement meublé, un petit souper froid des plus épicuriens. Il y avait quatre bécasses froides, un faisan, un pâté de foie gras, escorté de bouteilles poudreuses. Leur travail fini, mes deux visiteurs s'évanouirent, comme des génies des *Mille et Une Nuits*, sans donner d'autre explication que celle-ci : La note était payée et ils avaient été envoyés à cette adresse.

Un peu avant neuf heures, Holmes rentra précipitamment. Il avait l'air sérieux, mais à la vivacité de son regard je compris qu'il ne s'était pas trompé dans ses conclusions.

— Ah! l'on a préparé le souper, dit-il en se frottant les mains.

— Vous attendez du monde? On a mis cinq couverts?

— Oui, j'imagine que nous allons voir arriver quelques invités. Je m'étonne que lord Saint-Simon ne soit pas encore là! Ha! je crois que je l'entends monter. »

C'était bien en effet notre visiteur du matin qui entrait; il semblait agité et roulait rageusement entre ses doigts le cordon de son pince-nez; ses traits fins et délicats avaient une expression de trouble et de lassitude.

— Vous avez reçu mon message, demanda Holmes.

— Oui, et je confesse que le contenu m'a vivement surpris. Êtes-vous tout à fait sûr de ce que vous dites?

— Aussi sûr que possible. »

Lord Saint-Simon se laissa tomber sur un siège, et se passa la main sur le front.

— Que va dire le duc, murmura-t-il, quand il apprendra qu'un membre de sa famille a subi une pareille humiliation?

— C'est un simple accident. Je ne vois pas là d'humiliation.

— Ah! vous considérez la chose à un tout autre point de vue.

— Personne n'est à blâmer là dedans. Je ne vois pas que la dame ait pu agir autrement, bien qu'on puisse regretter la manière brutale qu'elle a choisie.

N'ayant pas de mère, elle se trouvait dans cette crise sans appui et sans conseil.

— Moi, je vous répète que c'est une insulte, monsieur, une insulte publique, dit lord Saint-Simon, en tambourinant avec ses doigts sur la table.

— Soyez donc indulgent pour cette pauvre fille qui s'est trouvée acculée à une situation tout à fait extraordinaire.

— Je n'ai aucune pitié, je suis furieux de m'être laissé aussi indignement duper.

— Je crois que j'ai entendu sonner, dit Holmes. Oui, on monte l'escalier. Et puisque je ne réussis pas à vous,

Je laissai tomber mon bouquet à l'endroit où il se trouvait.

calmer, j'ai fait venir un avocat qui aura peut-être plus de succès que moi. »

Il ouvrit la porte et fit entrer un homme et une femme.

— Lord Saint-Simon, permettez-moi de vous présenter à M. et Mme Francis Hay Moulton. Vous avez déjà, je crois, rencontré cette dernière. »

A la vue des nouveaux venus, notre client s'était levé brusquement, et très raide, les yeux fixés sur le plancher, la main passée dans sa redingote, il prit l'attitude d'un homme dont la dignité a été atteinte. Mrs Moulton s'était avancée vivement, et lui avait tendu une main qu'il refusait de voir. Je suis sûr que sa rancune eût disparu en un instant s'il avait consenti à regarder le charmant visage qui se tournait vers lui.

— Vous êtes fâché, Robert, dit-elle, et vous avez pour cela de bonnes raisons.

— Pas d'excuses, je vous prie, dit lord Saint-Simon, amèrement.

— Oh ! si ; je sais que je vous ai fort maltraité, et que j'aurais dû vous tout expliquer avant de partir, mais j'étais comme folle, et depuis le moment où j'ai revu Frank que voici, je n'ai plus su ni ce que je faisais , ni ce que je disais. Ça m'épate de ne pas être tombée en syncope devant l'autel.

— Peut-être, master Moulton, aimeriez-vous mieux que mon ami et moi nous nous retirions pour vous permettre de vous expliquer librement.

— Si j'ai voix au chapitre, remarqua l'étrange personnage, qui avait nom Mr Moulton, il me semble qu'il n'y a eu déjà que trop de mystère dans tout ceci. Pour ma part je voudrais que l'Europe et l'Amérique entière connussent la vérité. »

L'homme qui parlait ainsi était petit, sec, brûlé par le soleil, avec un visage intelligent et des manières brusques.

— Eh bien ! je vais tout vous dire, reprit sa femme. Nous nous sommes connus, Frank et moi, en 81, au camp de Mac Quire, auprès des Montagnes Rocheuses, où p'pa travaillait dans une concession. Nous nous fiançons, mais voilà qu'un jour p'pa tombe sur un riche filon, et se fait un sac énorme, pendant que ce pauvre Frank, lui, ne trouvait rien dans sa concession.

« Plus p'pa devient riche, plus Frank devient pauvre, si bien qu'à la fin p'pa ne voulut plus entendre parler de mariage et m'emmena à Frisco. Mais Frank ne voulait pas me lâcher, alors il me suivit et nous continuâmes à nous voir sans que p'pa le sût. Ça l'aurait rendu fou, et nous nous cachions de lui. Puis Frank me dit qu'il allait travailler à se faire un sac aussi, et qu'il ne reviendrait jamais me chercher tant qu'il ne serait pas aussi riche que p'pa. Je lui promis de l'attendre indéfiniment, et de ne pas me marier tant qu'il vivrait.

« — Pourquoi ne pas demander à un pasteur de nous marier tout de suite, dit-il ; je n'exigerai rien de vous avant mon retour, mais au moins comme ça, je serai plus tranquille. »

« Après avoir bien réfléchi, nous nous décidâmes à nous présenter devant un révérend que Frank avait prévenu, et nous nous mariâmes sans tambour ni trompette. Puis Frank partit pour faire fortune et je restai avec p'pa.

« La première lettre de Frank était du Montana ; ensuite il alla prospecter dans l'Arizona, et enfin il m'écrivit du Nouveau Mexique. Après cela, je lus dans les journaux le récit tragique d'un camp de mineurs attaqués par les Indiens Apaches, et le nom de mon Frank se trouvait parmi les morts. Je m'évanouis du coup, et je fus très malade pendant plusieurs mois. P'pa me crut perdue et il consulta presque tous les docteurs de Frisco. Pas un mot de nouvelles pendant un an et plus, si bien que je ne doutais plus de la mort de Frank. Alors, lord Saint-Simon vint à Frisco, puis nous allâmes à Londres, et mon mariage s'arrangea ; p'pa était très content, mais moi je sentais qu'aucun homme sur la terre ne pourrait jamais prendre dans mon cœur la place qu'y avait occupée mon pauvre Frank.

« Cependant, si j'avais épousé lord Saint-Simon, j'aurais fait mon devoir vis-à-vis de lui. On ne commande pas à son cœur, mais on commande à sa volonté. J'allai à l'autel avec l'intention d'être réellement une femme honnête et dévouée autant que je m'en sens capable. Vous pouvez donc vous imaginer ce que j'ai ressenti quand, en passant devant le premier banc, j'aperçus Frank qui me fixait. Je crus d'abord que c'était son esprit; mais en regardant de nouveau je vis qu'il était toujours là avec un œil inquisiteur qui semblait me demander si j'étais contente ou non de le voir. Je m'étonne de ne pas être tombée. Tout tournait autour de moi et les paroles du prêtre étaient comme un bourdonnement d'abeilles. Je ne savais que faire. Arrêter la cérémonie et faire un scandale dans l'église? Je regardai Frank, et comme s'il avait compris ma pensée, il posa son doigt sur ses lèvres pour me dire de ne rien faire. Ensuite, je le vis griffonner sur un papier, et je compris qu'il m'écrivait un mot. A la sortie, en passant près de lui, je laissai tomber mon bouquet à l'endroit où il se trouvait et il me glissa le papier dans la main en me le rendant. Ce n'était que quelques lignes pour me dire d'aller le rejoindre quand il me ferait signe. Naturellement, je n'avais pas le moindre doute que mon premier devoir maintenant ne fût d'aller à lui, et je résolus de faire tout ce qu'il me dirait.

« En rentrant à la maison, je me confiai à ma femme de chambre qui l'avait connu en Californie, et lui avait toujours été favorable. Je lui ordonnai de ne rien dire, mais de faire un paquet de quelques-uns de mes effets et de préparer mon ulster. Je sais bien que j'aurais dû parler à lord Saint-Simon, mais c'était dur devant sa mère et tous ces gens huppés. Je me décidais à me sauver d'abord, et à m'expliquer ensuite. Je n'étais pas à table depuis dix

minutes que par la fenêtre je vis Frank, de l'autre côté de la rue. Il me fit un signe et entra dans le parc. Je sortis de table,

L'ami Lestrade avait entre les mains des renseignements dont il ignorait la valeur.

je mis un chapeau et un manteau et je le suivis. Je fus aussitôt abordée par une femme qui me raconta une histoire sur lord Saint-Simon. Si j'ai bien compris cette histoire, lord Saint-Simon aurait eu lui aussi une petite aventure mystérieuse, avant son mariage. Mais je réussis vite à me débarrasser de cette femme et à rattraper Frank. Nous prîmes un fiacre, nous allâmes à l'appartement qu'il avait retenu à Gordon-Square et ça été là mon vrai mariage après tant d'années d'attente. Frank avait été prisonnier chez les Apaches, s'était échappé, était venu à Frisco, avait appris que je le croyais mort et que j'étais partie pour l'Angleterre, il m'y avait suivie et retrouvée le jour même de mon second mariage.

— J'ai lu 'annonce de la cérémonie dans un journal, interrompit l'Américain : on donnait bien le nom et l'église mais pas l'adresse de la dame.

— Alors nous causâmes du parti à prendre et Frank voulait tout raconter franchement, mais moi j'étais si honteuse que j'aurais voulu disparaître et ne plus jamais voir aucune des personnes mêlées à cette affaire. C'était tout juste si je consentais à envoyer un mot à p'pa, pour lui prouver que j'étais vivante. Cela me terrifiait de penser que tous ces lords et ladies étaient à table, attendant mon retour. Alors Frank prit mes habits de mariée, en fit un paquet, et les jeta dans un endroit où il pensait qu'on ne les découvrirait jamais. Nous comptions partir demain pour Paris, lorsque ce bon M. Holmes est venu nous voir, sans que je puisse comprendre comment il a pu nous trouver; il nous a prouvé tout clair que j'avais tort, et que Frank avait raison, et que nous serions très blâmables de continuer à nous cacher. Alors il nous a offert de nous fournir une occasion de causer avec lord Saint-Simon tout seul, et voilà comment nous sommes ici. Maintenant, Robert, vous savez tout, je suis très fâchée de vous avoir fait de la peine et j'espère que vous ne m'en voudrez pas. »

Lord Saint-Simon n'avait rien changé à son attitude rigide, il avait écouté ce long récit avec les sourcils froncés et les lèvres serrées.

— Excusez-moi, dit-il, mais je n'ai pas l'habitude de discuter mes affaires intimes d'une façon aussi publique.

— Alors, vous ne voulez pas me pardonner? ni me serrer la main avant que je m'en aille?

— Oh, si cela peut vous faire plaisir.

Il avança la main et serra froidement celle qu'elle lui tendait.

— J'avais espéré, suggéra Holmes, que vous accepteriez ce souper de réconciliation.

— Je crois que vous m'en demandez trop, répondit le lord. Je puis être forcé de me soumettre aux événements, mais vous ne pouvez vous attendre à ce que je les prenne gaiement. Je vais donc, avec votre permission, vous souhaiter une bonne nuit. »

Il nous enveloppa tous dans le même salut et sortit gravement.

— Je pense que vous, au moins, me ferez l'honneur d'être des nôtres, dit Sherlock Holmes au jeune couple. J'ai toujours grand plaisir à rencontrer un Américain, monsieur Moulton, car je suis de ceux qui croient que la folie d'un monarque et la maladresse d'un ministre aux temps anciens n'empêcheront pas nos enfants d'être un jour citoyens du même immense empire sous le drapeau écartelé de l'*Union Jack*, avec les étoiles et les stries. »

« Cette affaire a été bien intéressante, me dit Holmes, quand nos invités se furent retirés, parce qu'elle démontre combien simple peut être une chose qui, à première vue, semble si compliquée. Cela paraissait inexplicable, et cependant rien n'est plus naturel que la série d'événements racontés par cette jeune femme, tandis que le résultat auquel arrivait M. Lestrade, de Scotland Yard, était tout à fait absurde.

— Vous ne vous étiez donc pas trompé.

— Dès le début, il y avait deux faits absolument évidents pour moi : premièrement, que la jeune fille avait consenti de plein gré à la cérémonie du mariage, secondement qu'elle en avait eu du regret quelques minutes avant de rentrer. Il devait donc s'être produit dans la matinée une circonstance qui l'avait fait changer d'avis. Quelle était cette circonstance? La jeune fille ne pouvait avoir parlé à personne, au dehors, puisqu'elle était avec son fiancé. Avait-elle donc vu quelqu'un? Si oui, ce devait être quelqu'un venant d'Amérique; elle avait passé peu de temps dans ce pays-ci et ne connaissait sûrement personne ayant sur elle assez d'influence pour bouleverser tous ses plans. Nous voici déjà par un simple procédé d'élimination, arrivés à l'idée qu'elle peut avoir vu un Américain. Quel peut être cet Américain, et pourquoi a-t-il une telle influence sur elle? Un amoureux, un mari peut-être? Je savais que la jeune fille avait été élevée dans un milieu primitif et bizarre et voilà où j'en étais lorsque lord Saint-Simon est arrivé. Quand il nous parla de l'homme assis dans le banc, du changement survenu dans la manière d'être de la mariée, de la chute du bouquet, — un artifice si communément employé pour recevoir une lettre, — de l'entretien de lady Saint-Simon avec la femme de chambre sa confidente, et de son expression si significative d'enlever une concession, ce qui en argot de mineurs signifie prendre possession d'une chose appartenant de droit à un autre, la situation devint absolument nette pour moi. La jeune femme était partie avec un homme et cet homme était ou un amoureux, ou un mari, les chances étant en faveur de la dernière hypothèse.

— Mais comment les avez-vous trouvés?

— Cela aurait pu être difficile, mais l'ami Lestrade avait entre les mains des renseignements dont il ignorait la valeur. Les initiales pouvaient être de la plus haute importance, cependant il était encore plus précieux de savoir que moins d'une semaine avant, l'Américain avait payé une note à l'un des hôtels les plus chers de Londres.

— Comment avez-vous deviné cela?

— Par les prix. Huit shillings pour une chambre et huit pence pour un verre de sherry indiquaient un des hôtels les plus dispendieux. Il n'y en a pas beaucoup à Londres qui fassent payer ces prix-là. L'examen des registres dans le second hôtel de Northumberland Avenue que je visitai me fournit le nom de Francis H. Moulton, Américain, ayant quitté la veille et dont le compte correspondait avec la note que j'avais eue sous les yeux. On devait faire suivre ses lettres au 226 de Gordon Square où je me rendis. Ayant eu la chance de trouver le jeune couple chez lui, je me permis de leur donner quelques conseils paternels, et de leur faire remarquer qu'il vaudrait mieux, à tous les points de vue, faire connaître plus clairement leur situation au public en général et à lord Saint-Simon en particulier. Je les invitai à venir le rencontrer ici et, comme vous l'avez vu, j'ai obtenu qu'il vînt aussi..

— Sans un heureux résultat, dis-je. Son attitude n'a certes pas été très aimable.

— Ah! Watson, dit Holmes en souriant, peut-être ne seriez-vous pas non plus très aimable si, après tous les tracas d'une cour et d'un mariage, vous vous voyiez dépouillé en un instant de la femme et de la fortune. Je crois que nous devons juger lord Saint-Simon avec beaucoup d'indulgence, et remercier notre étoile de nous épargner les chances d'une semblable situation. Approchez votre chaise et donnez-moi mon violon, car le seul problème qui nous reste à résoudre est de savoir comment nous tuerons le temps en ces tristes soirées d'automne. »

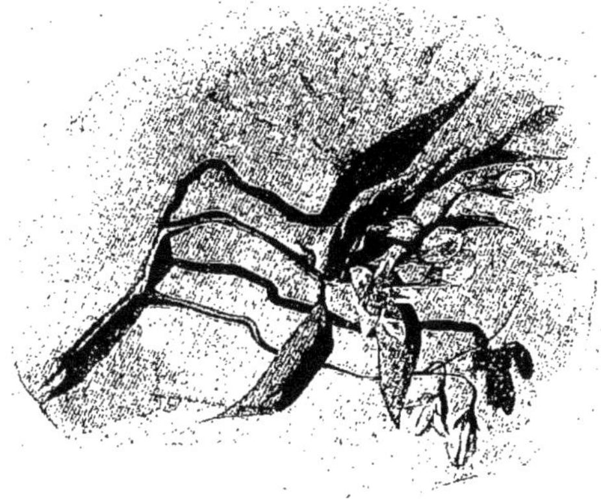

LE DIADÈME DE BÉRYLS

MON cher Holmes, dis-je un matin en regardant par la fenêtre, voilà un fou qui passe dans la rue. C'est vraiment fâcheux que ses parents le laissent sortir seul. »

Mon ami se leva paresseusement, les mains dans les poches de sa robe de chambre, et s'approcha de moi pour regarder par-dessus mon épaule. C'était par une belle matinée de février; le froid était piquant et la neige de la veille, couvrant encore le sol, étincelait au pâle soleil d'hiver. Au milieu de la rue, elle avait été piétinée et foulée et était devenue brunâtre; mais sur les bords, et sur les tas où on l'avait rejetée pour dégager les trottoirs, elle était immaculée. Les dalles grises avaient été balayées et grattées, mais restaient très glissantes, de sorte qu'on évitait d'y passer. Par le fait, dans la direction de la station du métropolitain on ne voyait venir personne excepté l'individu dont l'allure excentrique avait attiré mon attention.

C'était un homme d'environ cinquante ans, grand, massif et imposant, au visage large, aux traits vigoureux. Sa mise était sévère mais soignée : une redingote noire, un chapeau irréprochable, des guêtres brunes et un pantalon gris perle de coupe excellente. Cependant ses actions étaient en contradiction absolue avec la dignité de sa personne et de sa mise, car il courait de toutes ses forces, faisant de temps en temps un petit saut, comme un homme fatigué et qui n'est pas habitué à marcher au pas de course. Tout en courant il gesticulait avec les mains, secouait la tête et faisait les grimaces les plus extraordinaires.

— Que diable peut-il bien avoir? Il regarde les numéros des maisons.

— Je crois qu'il vient ici, dit Holmes en se frottant les mains.

— Ici?

— Oui, j'ai comme une idée qu'il vient me consulter. Il me semble reconnaître les symptômes de la plus grande perplexité. Ha ! ne vous l'avais-je pas dit? »

L'homme, en effet, tout essoufflé, courait droit sur la porte, saisissait la sonnette dont les tintements résonnèrent bientôt dans toute la maison.

Un instant après, il était dans la pièce, toujours essoufflé, toujours gesticulant, mais avec une telle expression de chagrin et de désespoir, que, cessant de rire, nous fûmes saisis d'horreur et de pitié. Pendant quelques minutes il lui fut impossible de parler; il se balançait de droite à gauche et s'arrachait les cheveux comme un homme qui a perdu la raison... Puis soudain, se levant d'un bond, il se jeta la tête contre le mur avec une telle violence que nous dûmes nous précipiter sur lui et le garder de force au milieu de la pièce. Sherlock Holmes le fit asseoir dans un fauteuil, se plaça à côté de lui, et lui frappant dans la main, tâcha de le réconforter avec ce ton enjoué qu'il savait si bien employer.

— Vous êtes venu pour me dire votre histoire, n'est-ce pas? Vous êtes fatigué par votre course. Attendez que vous vous soyez remis, et alors nous serons trop heureux d'étudier le petit problème que vous nous aurez exposé. »

La poitrine haletante, l'homme luttait encore contre son émotion. Enfin, passant son mouchoir sur son front, il serra les lèvres et nous regarda.

— Vous devez me croire fou! dit-il.

— Je vois que vous êtes sous le coup de quelque grand malheur, répondit Holmes.

— Ah! Dieu sait! — un malheur si soudain et si terrible que c'est à en devenir fou. J'aurais pu supporter un déshonneur public, quoique je sois un homme dont la réputation n'a jamais subi la moindre atteinte. J'aurais pu supporter un malheur de famille, car c'est le lot de tout homme; mais les deux réunis, et sous une forme aussi terrible! C'est trop! Mon cœur en est brisé! Et puis, je ne suis pas seul en jeu; les plus grands personnages du royaume peuvent en pâtir, si on ne trouve pas moyen d'arranger cette horrible affaire.

— Remettez-vous, monsieur, dit Holmes, et veuillez me dire exactement qui vous êtes et ce qui vous est arrivé.

— Mon nom, répondit notre hôte, vous est probablement connu. Je suis Alexandre Holder, de la maison de banque Holder et Stevenson, de Thread needle street. »

Le nom m'était en effet connu, pour être celui du principal associé de l'une des plus importantes banques particulières de la Cité. Que pouvait-il donc être arrivé, pour mettre en ce pénible état un des premiers citoyens de Londres? Notre curiosité était excitée au dernier point. Enfin, notre visiteur fit un nouvel effort et commença ainsi son histoire.

— Je sens que le temps est précieux, dit-il, c'est pourquoi je me suis hâté de venir quand l'inspecteur de police m'a eu suggéré l'idée d'obtenir votre coopération. J'ai sauté dans le métropolitain et de la gare je suis venu à pied en courant parce que les fiacres ne vont pas vite par cette neige. Voilà pourquoi je suis si essoufflé, car je n'ai pas l'habitude de faire beaucoup d'exercice. Je me sens mieux maintenant, et je vais vous exposer les faits succinctement, mais aussi clairement que possible.

« Vous savez, naturellement, que pour réussir en matière de banque, il est aussi important de trouver de bons placements pour nos fonds, que d'augmenter nos relations et notre clientèle de déposants. Un des placements les plus lucratifs est le prêt d'argent contre une garantie sûre. Nous avons fait beaucoup de prêts de ce genre pendant ces dernières années, et il y a beaucoup de nobles familles à qui nous avons avancé de grosses sommes contre le dépôt de leurs tableaux, de leur bibliothèque, ou de leur vaisselle plate.

« Hier matin, j'étais dans mon cabinet à la Banque, quand on m'apporta une carte de visite. Je bondis en lisant le nom, car c'était celui... mais, même vis-à-vis de vous, il faut être discret et je me contenterai de vous dire que c'était un nom universellement connu, un des premiers d'Angleterre. Etourdi par cet honneur, je balbutiai quelques mots à mon visiteur lorsqu'il parut, mais lui entra immédiatement en matière de l'air d'un homme qui veut en finir le plus vite possible avec une affaire désagréable.

« — Monsieur Holder, dit-il, on m'a dit que vous faisiez des avances d'argent?

« — La maison y consent quand la garantie est bonne.

« — J'ai absolument besoin d'avoir cinquante mille livres tout de suite. Je pourrais évidemment en emprunter dix fois autant à mes amis, mais je préfère de beaucoup avoir recours à une banque, et faire l'affaire moi-même. Dans ma position vous comprendrez qu'il n'est pas agréable de devenir l'obligé d'autrui.

« — Pour combien de temps avez-vous besoin de cet emprunt?

« — Lundi prochain, une grosse somme m'est due, et je vous rembourserai sûrement avec l'intérêt que vous aurez fixé. Mais il est tout à fait essentiel que j'aie l'argent sur l'heure.

« — Je serais heureux de vous en faire l'avance de mes propres fonds sans plus de pourparlers, si la somme n'était pas vraiment un peu trop forte. D'un autre côté, si je la fais au nom de la maison, je dois à mon associé de prendre, même avec vous, toutes les garanties d'usage.

« — C'est bien ainsi que je l'entends, dit-il, en prenant un grand écrin de maroquin noir qu'il avait déposé à côté de sa chaise. Vous avez sans doute entendu parler du diadème de béryls?

« — Un des plus précieux joyaux de la Couronne?

« — Justement.

« Il ouvrit l'écrin, et me montra, ressortant sur un beau velours couleur de chair, le magnifique bijou qu'il avait désigné.

« — Il y a trente-neuf énormes béryls, et le prix de la monture en or est incalculable. L'estimation la plus basse équivaudrait au double de la somme que je vous demande; je vous laisserai ce diadème en garantie.

« Je pris la précieuse boîte entre mes mains, et je regardai avec une certaine perplexité mon illustre visiteur.

« — Vous doutez de sa valeur? dit-il.

« — Pas du tout. Je me demande seulement...

« — Si je n'ai pas tort de vous donner ce gage? Vous pouvez être tranquille là-dessus. Je n'y aurais pas songé un instant s'il n'était absolument certain que je pourrai vous le reprendre dans quatre jours. Ce n'est qu'une question de forme Trouvez-vous le gage suffisant?

« — Amplement

« — Vous comprenez, monsieur Holder, que je vous donne une grande preuve de confiance et cette confiance est basée sur tout ce qu'on m'a dit de vous. Je compte que non seulement vous serez discret et empêcherez tout racontar là-dessus, mais surtout que vous prendrez les plus grandes précautions pour que le bijou soit en sûreté; il est inutile de vous dire que si le moindre accident arrivait à ce joyau, cela produirait un gros scandale. Et le moindre accident serait aussi grave que la perte totale, car il n'y a pas au monde de béryls comparables à ceux-ci. Néanmoins, je vous laisse le diadème en toute confiance, et je viendrai moi-même le reprendre lundi matin. »

« Voyant mon client pressé de partir, je crus inutile de répondre, et appelant mon caissier, je lui donnai l'ordre de verser cinquante billets de mille livres. Lorsque je me retrouvai seul, ensuite, avec le précieux écrin sur la table devant moi, je ne pus m'empêcher de trembler un peu en présence de l'immense responsabilité que j'avais assumée. Il était bien certain que ce bijou étant un bien national, un horrible scandale éclaterait si malheur lui arrivait. Je regrettais déjà d'avoir consenti à m'en charger. Néanmoins il était trop tard pour revenir là-dessus; je l'enfermai dans mon coffre-fort particulier, et je me remis au travail.

« Quand vint le soir, il me sembla imprudent de laisser derrière moi au bureau un objet aussi précieux. Des coffres-forts de banquiers ont déjà été forcés, et qui prouvait que le mien ne le serait pas? Dans ce cas, quelle terrible position que celle où je me trouverais! Je résolus donc d'emporter l'écrin chaque jour, de façon à ce qu'il fût toujours réellement sous ma main. A cet effet, je hélai un fiacre, et je rentrai chez moi à Streatham avec le précieux bijou; je ne respirai à l'aise que lorsque je l'eus déposé eu sûreté au premier étage et que je l'eus enfermé dans le bureau de mon cabinet de toilette.

« Et maintenant un mot sur ma maison, monsieur Holmes, car je désire que vous vous rendiez bien compte de la situation. Mon valet de chambre et mon groom couchent au dehors, et ils sont hors de cause. J'ai trois domestiques femmes qui sont chez moi depuis des années et dont l'honnêteté absolue est au-dessus de tout soupçon. Une autre, Lucy Paw,

L'homme courait droit à la porte et saisissait la sonnette.

jolie fille, dont les admirateurs ont été vus plus d'une fois aux abords de chez moi. Mais je crois toutefois que cette fille est honnête dans toute l'acception du mot.

« Voilà pour les domestiques. Ma famille elle-même est si réduite que la description n'en sera pas longue. Je suis veuf et je n'ai qu'un fils, Arthur. Il a été une déception pour moi, monsieur Holmes, une triste déception. Certainement je ne suis pas sans reproche. On dit que je l'ai gâté. C'est bien possible. Quand j'eus perdu ma femme bien-aimée, cet enfant était tout ce qui me restait au monde. Je ne pouvais supporter de le voir soucieux un seul instant. Je ne lui ai jamais rien refusé. Peut-être aurait-il mieux valu pour nous deux que j'eusse été plus sévère, et si je n'ai pas réussi à le bien élever, du moins avais-je bonne intention.

la seconde femme de chambre, n'est à mon service que depuis quelques mois. Elle avait d'excellents certificats, et j'ai été jusqu'ici parfaitement satisfait d'elle. C'est une très

« Je désirais naturellement qu'il me succédât à la Banque, mais il n'avait pas l'esprit tourné aux affaires. Il était violent, entêté et, pour dire la vérité, je ne pouvais lui confier de grosses sommes d'argent. Il devint membre d'un cercle aristocratique où, grâce à ses charmantes manières, il se fit l'ami intime d'une quantité de jeunes gens ayant de grosses fortunes et des habitudes dispendieuses. Il se mit à jouer gros jeu, et à parier aux courses, si bien qu'il dut souvent avoir recours à moi pour payer des dettes d'honneur. Il essaya plusieurs fois de quitter cette dangereuse compagnie, mais chaque fois l'influence de son ami, sir Georges Burnwell, l'y ramena.

« Et vraiment, je ne m'étonne pas qu'un homme comme sir Georges Burnwell ait pris une telle influence sur lui, car il venait souvent chez moi, et j'avoue qu'il me fascinait. Il est plus âgé qu'Arthur, et est homme du monde jusqu'au bout des ongles; il a été partout, il a tout vu, il est brillant causeur, et vraiment un bel homme. Cependant quand j'y pense de sang-froid, et qu'il n'est plus là pour exercer sur moi sa séduction, je suis convaincu, par son langage cynique et certaine lueur que j'ai saisie dans ses yeux, qu'il faut s'en méfier profondément. C'est mon opinion, et c'est aussi l'opinion de ma petite Mary qui a déjà le jugement d'une femme.

« Et il ne reste plus qu'elle à vous décrire : c'est ma nièce. Quand mon frère mourut il y a cinq ans, cette enfant restait seule au monde; je l'ai adoptée, et l'ai depuis regardée comme ma fille. C'est mon rayon de soleil; elle est douce, tendre, charmante, excellente ménagère, maîtresse de maison parfaite, et cependant aussi tranquille, aimable et sensible que femme peut l'être. Elle est mon bras droit, je ne sais ce que je deviendrais sans elle. Elle ne m'a résisté que sur un seul point. Deux fois mon fils l'a demandée en mariage, car il l'aime tendrement, mais chaque fois elle l'a refusé. Je crois que si quelqu'un avait pu le ramener dans le droit chemin, c'est elle, et que ce mariage l'aurait transformé; mais hélas! maintenant, il est trop tard, trop tard à jamais!

« Maintenant, monsieur Holmes, vous connaissez tous ceux qui vivent sous mon toit et je vais poursuivre ma triste histoire.

« En prenant le café, au salon, après le dîner, je racontai l'aventure à Arthur et à Mary, et leur dis le précieux trésor que j'avais rapporté, m'abstenant seulement de nommer mon client. Je suis sûr que Lucy Paw, qui avait servi le café, était partie; mais je ne pourrais pas jurer que la porte fût fermée. Mary et Arthur m'écoutèrent avec beaucoup d'intérêt et auraient voulu voir le fameux diadème, mais je jugeai plus sage de n'y pas toucher.

« — Où l'avez-vous mis? demanda Arthur.

« — Dans mon bureau.

« — Eh bien, je souhaite que les voleurs n'entrent pas dans la maison cette nuit, dit-il.

« — Il est fermé à clef.

« — Oh! n'importe quelle clef l'ouvrirait. Quand j'étais enfant, je l'ai ouvert avec la clef de l'armoire de la chambre de débarras.

« Il disait souvent ainsi des bêtises, et je ne fis pas attention à cette phrase. Mais il me suivit dans ma chambre cette nuit-là avec un air très grave....

« — Ecoutez, papa, dit-il, les yeux baissés, pourriez-vous me donner deux cents livres?

« — Non, je ne puis pas! lui répondis-je vivement. Je n'ai été que trop généreux avec vous jusqu'ici.

« — Vous avez été très bon, je le sais; mais il me faut cet argent à tout prix! Autrement, je ne pourrai plus me montrer au cercle.

« — Eh bien, j'en serais fort aise!

« — Oui, mais vous ne voudriez pas que je le quitte comme un homme déshonoré. Je ne puis supporter cette idée. Il me faut de l'argent, de toute façon, et si vous ne voulez pas me le donner, je serai obligé de chercher ailleurs.

« — Vous n'aurez pas un centime de moi, lui criai-je en colère, car c'était sa troisième demande depuis le commencement du mois.

« Quand il fut parti, j'ouvris mon bureau, pour m'assurer que mon trésor était en sûreté, et je le refermai soigneusement à clef. Je commençai alors la visite de la maison pour voir si tout était bien clos. C'est un devoir que je laisse ordinairement à Mary, mais que je préférais accomplir moi-même ce soir-là. En descendant, j'aperçus Mary à la fenêtre de l'antichambre, fenêtre qu'elle referma lorsqu'elle m'entendit

« — Dites-moi, papa, me dit-elle d'un air qui me sembla un peu troublé, avez-vous permis à Lucy de sortir ce soir?

« — Certainement non.

« — Elle vient de rentrer par la porte de derrière. Je pense bien qu'elle n'a été que jusqu'à la barrière pour voir quelqu'un, mais cela ne me paraît pas admissible quand même, et il me semble qu'il ne faut pas lui permettre ces sorties.

« — Parlez-lui demain matin, ou je le ferai moi-même, si vous le préférez. Etesvous sûre que tout est bien fermé?

« — Tout à fait sûre, papa.

« — Alors, bonne nuit.

« Je l'embrassai et montai dans ma chambre où je m'endormis bientôt.

« Comme vous le voyez, monsieur Holmes, j'entre dans les moindres détails; malgré cela j'espère que vous me questionnerez sur tout ce qui vous paraîtrait obscur.

— Je trouve votre récit parfaitement clair.

— J'en arrive au point intéressant. Je ne suis pas un profond dormeur, et comme j'étais préoccupé, mon sommeil devait être encore plus léger que de coutume. Vers deux heures du matin je fus réveillé par un bruit qui semblait venir de la maison. Le bruit avait cessé avant que je fusse bien éveillé, mais j'avais eu l'impression d'une fenêtre fermée doucement. Soudain, quelle ne fut pas mon horreur en entendant des cris étouffés dans la pièce voisine! Je me glissai hors de mon lit, tout palpitant de frayeur, et je regardai dans mon cabinet de toilette par la porte entr'ouverte.

« — Arthur! criai-je, brigand! bandit! Comment oses-tu toucher à ce diadème?

« Le gaz brûlait à moitié comme je l'avais laissé et mon malheureux fils, vêtu seulement d'une chemise et d'un pantalon, était là debout près de la lumière, tenant le diadème entre ses mains. Il sem-

blait mettre toutes ses forces à le briser, ou à le tordre. A mon cri, il le lâcha, et devint pâle commme la mort. Je saisis le bijou et l'examinai. Une des extrémités manquait avec trois pierres.

« — Misérable! Tu l'as brisé! Tu m'as déshonoré pour toujours! Où sont les pierres que tu as volées?

« — Volées!

« — Oui, voleur! criai-je, fou de rage en le secouant par l'épaule.

« — Il n'en manque pas une: il ne peut pas en manquer, dit-il.

« — Il en manque trois. Et tu sais où elles sont. Faut-il te qualifier de menteur, aussi bien que de voleur? Ne t'ai-je pas vu essayant de briser un second morceau du diadème?

« — C'en est trop, dit-il. Plus un seul mot de cette affaire, et puisque vous avez trouvé bon de m'insulter, je quitterai votre maison demain matin, et je ferai tout seul mon chemin dans le monde.

« — Tu quitteras la maison entre les mains de la police! Cette affaire sera tirée au clair.

« — Vous n'apprendrez rien de moi, s'écria-t-il avec une émotion qui me surprit, s'il vous plaît d'appeler la police, que la police fasse une enquête.

« A ce moment toute la maison était sur pied, car dans ma colère j'avais élevé la voix. Mary arriva la première; à la vue du diadème et du visage d'Arthur, elle comprit la vérité et, poussant un cri, elle tomba sans connaissance. J'envoyai chercher la police et je remis l'affaire entre ses mains. Quand l'inspecteur et l'agent de police entrèrent, Arthur qui était resté là les bras croisés me demanda si j'avais l'intention de l'accuser de vol. Je répondis que ce n'était plus une affaire privée, mais publique, puisque le diadème brisé était propriété nationale. J'étais décidé à laisser faire la justice.

« — Au moins, dit-il, vous ne me ferez pas arrêter tout de suite. Il serait de votre intérêt comme du mien, de me permettre de m'absenter, ne fût-ce que cinq minutes.

« — Pour te sauver ou peut-être cacher ce que tu as volé. » Et alors, essayant de l'attendrir par l'horreur de la situation, je le suppliai de penser que non seulement mon honneur, mais aussi celui d'un autre, bien au-dessus de moi, était en jeu; lui, mon fils, risquait de provoquer un scandale qui révolutionnerait le pays. Il pouvait l'empêcher, s'il me disait ce qu'étaient devenues les trois pierres perdues.

« Ne t'y trompe pas, ajoutai-je, tu as été pris sur le fait, et ton aveu ne saurait empirer ton cas. Mais si tu répares ta faute dans la mesure du possible en nous disant où sont les béryls, tout sera oublié et pardonné.

« — Gardez votre pardon pour ceux qui vous le demandent, répondit-il en me tournant brusquement le dos, et je vis qu'il était trop résolu pour que mes paroles pussent l'ébranler. Il n'y avait plus à hésiter. J'appelai l'inspecteur, et le lui remis entre les mains. On fouilla sur-le-champ non seulement sa personne, mais sa chambre et chaque endroit de la maison où il aurait pu cacher les joyaux; mais on n'en trouva aucune trace, et le malheureux garçon refusa d'ouvrir la bouche malgré mes supplications ou nos menaces. On l'a mis au cachot ce matin, et, après avoir accompli diverses formalités à la police, je suis accouru vous voir pour vous demander d'éclaircir ce mystère. La police avoue qu'elle n'y comprend rien. Vous pouvez faire toute dépense qui vous paraîtra utile : j'ai déjà promis une récompense de mille livres. Mon Dieu, que vais-je devenir? J'ai perdu mon honneur, les pierres et mon fils en une seule nuit ! Que je suis malheureux ! »

Il prit sa tête entre ses mains et se balança de droite à gauche, en geignant doucement comme un enfant.

Sherlock Holmes resta silencieux quelques minutes, les sourcils froncés, les yeux rivés au feu.

— Recevez-vous beaucoup? demanda-t-il.

— Personne, excepté mon associé et sa famille, et parfois un ami d'Arthur. Sir Georges Burnwel est venu souvent ces temps-ci. Personne d'autre, je crois.

— Allez-vous beaucoup dans le monde?

— Arthur, oui. Mais Mary et moi nous restons à la maison. Aucun de nous deux ne tient à sortir.

— C'est rare chez une jeune fille.

— Elle a déjà vingt-quatre ans et est d'une nature tranquille.

— D'après vous cette affaire l'a beaucoup émue.

— Oui, elle est même plus affectée que moi.

— Aucun de vous deux n'a de doute sur la culpabilité de votre fils ?

— Comment pourrions-nous en avoir, puisque je l'ai vu, de mes propres yeux, avec le diadème entre les mains ?

— Je ne considère pas cela tout à fait comme une preuve décisive. Est-ce que le reste du diadème était abîmé?

— Oui, il était tordu.

— Ne pensez-vous pas qu'il essayait peut-être de le redresser ?

— Oh ! Dieu vous bénisse ! vous faites ce que vous pouvez pour moi et pour lui. Mais c'est une trop lourde tâche. D'abord qu'avait-il à faire là? Si c'était dans un but innocent, que ne l'a-t-il dit?

— Justement. Et s'il était coupable, pourquoi n'a-t-il pas inventé une histoire? Son silence peut être interprété de deux façons. Il y a différents points bien singuliers dans cette affaire. Qu'est-ce que la police a pensé du bruit qui vous a réveillé?

— Ils disent que c'est probablement Arthur fermant sa porte.

— Bien invraisemblable ! Comme si un homme sur le point de commettre une telle félonie fermerait sa porte de manière à réveiller toute une maison ! Que disent-ils de la disparition des pierres?

— On sonde encore les planchers et les meubles dans l'espoir de les trouver.

— Ont-ils pensé à chercher au dehors?

— Oui. Oh ! ils ont montré une activité extraordinaire. Tout le jardin a été minutieusement examiné.

— Voyons, mon cher monsieur, est-ce qu'il ne vous saute pas aux yeux que cette affaire est bien plus mystérieuse qu'elle n'a paru tout d'abord à la police, ou à vous? Cela vous a semblé simple au début. Pour moi, c'est au contraire complexe. Voyez ce qu'implique votre théorie. Vous supposez que votre fils est sorti de son lit, est entré, à grands risques, dans votre cabinet de toilette, a ouvert votre bureau, a pris

— J'appelai l'inspecteur, et le lui remis entre les mains.

le diadème, en a cassé une partie est allé dans quelque autre endroit, et y a caché trois des trente-neuf pierres, avec tant d'habileté que personne ne peut les trouver; qu'il est ensuite retourné avec les trente-six autres pierres dans cette pièce où il avait toutes les chances possibles d'être découvert. Je vous le demande, une telle théorie est-elle soutenable?

— Alors, quelle est la vôtre? dit le banquier avec désespoir. S'il n'avait pas de mauvaises intentions, pourquoi ne s'explique-t-il pas ?

— C'est à nous de trouver la raison de ce silence, répliqua Holmes; si vous le voulez bien, monsieur Holder, nous irons ensemble à Streatham, et nous passerons une heure à examiner les lieux. »

Mon ami insista pour que je fisse partie de l'expédition, ce que je désirais vivement, car ma curiosité et ma sympathie étaient vivement excitées par l'histoire que nous venions d'entendre. J'avoue que la culpabilité du fils du banquier me paraissait aussi évidente qu'à son pauvre père, mais j'avais tant de confiance dans le jugement de Holmes que je me reprenais à espérer avec lui. Il ne dit pour ainsi dire pas un mot pendant tout le trajet, il resta plongé dans les plus profondes réflexions, la tête penchée sur la poitrine, le chapeau baissé sur les yeux. Notre client semblait avoir repris un peu courage à la lueur d'espoir qu'on lui avait donnée, et il causa même un peu avec moi de son affaire. Un court trajet en chemin de fer, une promenade à pied plus courte encore, nous amenèrent à Fairbank, la modeste résidence du grand financier.

Fairbank était une maison carrée assez grande, en pierre blanche, située à quelque distance de la route. Une double allée carrossable, autour d'une pelouse toute blanche de neige, conduisant à deux larges grilles de fer. A droite était un petit guichet en bois, d'où un sentier étroit bordé de haies conduisait à la porte de la cuisine : c'était l'entrée des fournisseurs. A gauche, une ruelle menant aux écuries; mais cette ruelle était en dehors de la propriété, et publique, quoique peu fréquentée. Holmes nous quitta à la porte et fit lentement le tour de la maison, puis il gagna la rue,

revint par le sentier des fournisseurs au jardin situé derrière la maison et par les écuries arriva à la ruelle. Il resta si longtemps absent que M. Holder et moi nous nous installâmes près du feu dans la salle à manger, pour attendre son retour. Nous étions là depuis un instant, quand la porte s'ouvrit, et une jeune fille entra. Elle était d'une taille plutôt au-dessus de la moyenne, mince, avec des yeux et des cheveux foncés, ressortant vivement sur son teint blanc et transparent. Je ne crois pas avoir jamais vu pareille pâleur chez une femme. Ses lèvres mêmes étaient blanches, et ses yeux étaient rougis par les larmes. En la voyant entrer silencieusement dans la pièce, elle me sembla porter la trace d'un chagrin encore plus intense que celui du banquier; cela frappait d'autant plus qu'elle semblait une femme de caractère, possédant une force d'âme peu commune. Sans s'inquiéter de ma présence, elle vint droit à son oncle et lui passa la main sur la tête, en une caresse bien féminine.

— Vous avez donné l'ordre de faire relâcher Arthur, n'est-ce pas, oncle?

— Non, non, mon enfant, il faut que cette affaire soit éclaircie à fond.

— Mais je suis sûre qu'il est innocent. Ce n'est, il est vrai, qu'un instinct de femme. Je sens qu'il n'a rien fait de mal, et que vous regretterez d'avoir agi si durement.

— Pourquoi refuse-t-il de parler, s'il est innocent?

— Qui sait? peut-être par colère d'être soupçonné.

— Comment ne pas le soupçonner, en lui voyant le diadème entre les mains?

— Oh! il l'avait seulement pris pour le regarder. Je vous en supplie, croyez-moi, il est innocent. Laissez tomber l'affaire, et qu'on n'en parle plus. C'est si horrible de penser que notre Arthur est en prison !

— Je n'arrêterai les recherches que quand les pierres auront été trouvées — pas avant, Mary ! Votre affection pour Arthur vous aveugle au point que vous en oubliez les conséquences terribles qui résulteront pour moi de cette affaire. Bien loin d'étouffer les choses, j'ai amené de

Londres une personne qui m'aidera à pousser les recherches encore plus loin.

— C'est monsieur ici présent? demanda-t-elle, en se retournant vers moi.

— Non, son ami. Il nous a priés de le laisser seul. Il a fait le tour de la maison par la ruelle des écuries.

— La ruelle? Les noirs sourcils se froncèrent. Qu'espère-t-il trouver par là? Ah! c'est lui, je suppose. J'espère, monsieur, que vous réussirez à prouver, ce dont j'ai la conviction, que mon cousin Arthur est innocent de ce crime.

— Je partage tout à fait votre opinion, répondit Holmes, en allant secouer la neige de ses chaussures sur le paillasson; je crois que j'ai l'honneur de parler à miss Mary Holder. Pourrai-je vous poser une ou deux questions?

— Je vous en prie, monsieur, si cela peut servir à éclaircir cette triste affaire.

— Vous n'avez rien entendu la nuit dernière?

— Rien, jusqu'à ce que mon oncle élevât la voix. Je l'entendis et je descendis aussitôt.

— C'est vous qui aviez fermé les fenêtres et les portes le soir. Aviez-vous assujetti toutes les fenêtres?

— Oui.

— L'étaient-elles encore ce matin?

— Oui.

— Une de vos femmes de chambre a un amoureux? Je crois que vous avez dit à votre oncle hier au soir qu'elle était sortie pour le rencontrer.

— Oui, et c'est elle-même qui avait servi le thé au salon, et qui avait pu entendre mon oncle parler du diadème.

— J'y suis. Vous en déduisez qu'elle peut être sortie pour avertir son amoureux et qu'ils ont pu, à eux deux, organiser le vol.

C'est le marchand qui nous apporte des légumes, il s'appelle Francis Prosper.

— Mais à quoi bon toutes ces conjectures, s'écria le banquier avec impatience, quand je vous dis que j'ai vu Arthur avec le diadème entre ses mains.

— Attendez un peu, monsieur Holder. Nous y reviendrons. Et pour cette fille, miss Holder, vous l'avez vue rentrer par la porte de la cuisine, je présume?

— Oui, quand j'allais voir si la porte était bien fermée pour la nuit, je la trouvai qui se glissait à l'intérieur. J'aperçus aussi l'homme dans l'obscurité.

— Le connaissez-vous?

— Oh, oui! c'est le marchand qui nous apporte les légumes. Il s'appelle Francis Prosper.

— Il se tenait, dit Holmes, à gauche et à une certaine distance de la porte?

— Oui, à gauche.

— Et il a une jambe de bois !

Une lueur d'effroi sembla passer dans les yeux de la jeune fille.

— Etes-vous donc un magicien? dit-elle; comment savez-vous cela? »

Elle sourit, mais la face maigre et expressive de Holmes demeura impassible.

— Je voudrais bien maintenant monter au premier, dit-il. J'aurai probablement besoin de sortir de nouveau. Ah! je vais inspecter les fenêtres du rez-de-chaussée avant de monter. »

Il alla rapidement de l'une à l'autre, puis s'arrêta plus longuement à la grande baie qui donnait du vestibule dans la ruelle. Il l'ouvrit, et examina soigneusement le rebord avec sa loupe. Montons maintenant, dit-il enfin.

Le cabinet de toilette du banquier était une pièce simplement meublée, avec un tapis gris, un grand bureau, et une haute glace. Holmes alla d'abord au bureau et en examina la serrure.

— Quelle clef a-t-on employée pour l'ouvrir?

— Celle que mon fils lui-même a indiquée, celle de l'armoire de la chambre de débarras.

— L'avez-vous là?

— C'est celle qui est sur la toilette. »

Sherlock Holmes la prit, et ouvrit le bureau.

— C'est une serrure silencieuse. Il n'est pas étonnant que cela ne vous ait pas réveillé. Cette boîte, je pense, renferme le diadème. Voyons-le. »

Il ouvrit l'écrin, et sortant le diadème, le posa sur la table. C'était un magnifique spécimen de l'art du joaillier, et les trente-six pierres étaient les plus belles que j'aie

jamais vues. Sur l'un des côtés, il était tordu; il en manquait même à l'extrémité un morceau, celui précisément sur lequel étaient enchâssées les trois pierres manquant.

— Là, monsieur Holmer, dit Holmes, voici le coin qui fait pendant à celui qui est si malheureusement perdu. Pourrai-je vous demander de le casser? »

Le banquier recula d'horreur.

— Jamais, je n'oserais même essayer.

— Eh bien, je vais l'oser. »

Holmes y mit toute sa force, sans aucun résultat.

— Je sens que cela cède un peu, dit-il; mais quoique j'aie les doigts extrêmement forts, il me faudrait beaucoup de temps pour réussir. Un homme ordinaire ne pourrait pas. Et qu'arriverait-il, à votre avis, monsieur Holder, si je le cassais? cela ferait du bruit comme un coup de pistolet. Allez-vous me dire que tout cela s'est passé à quelques pas de votre lit et que vous n'en avez rien entendu?

— Je ne sais que penser. Tout cela est de plus en plus obscur.

— Mais tout s'éclaircira au fur et à mesure que nous examinerons l'affaire. Qu'en pensez-vous, miss Holder?

— J'avoue que je partage toujours la perplexité de mon oncle.

— Votre fils n'avait ni chaussures, ni pantoufles, quand vous l'avez vu?

— Il n'avait absolument que son pantalon et sa chemise.

— Je vous remercie. Nous avons été certainement favorisés par une chance extraordinaire dans toute cette enquête, et ce sera bien notre faute si nous n'arrivons pas à la vérité complète. Avec votre permission, monsieur Holder, je vais continuer mes investigations au dehors. »

Il alla seul, à sa demande, car il expliqua que de nouvelles marques de pas rendraient sa tâche plus difficile. Après une heure, peut-être plus, il revint, les pieds couverts de neige, le visage plus impénétrable que jamais.

— Je crois que j'ai vu maintenant tout ce que j'avais à voir, monsieur Holder, dit-il; je vous serai plus utile en rentrant chez moi.

— Mais les pierres, monsieur Holmes, où sont-elles?

— Je ne puis vous le dire. »

Le banquier se tordit les mains.

— Je ne les reverrai plus jamais, cria-t-il. Et mon fils? me donnez-vous de l'espoir?

— Mon opinion n'a changé en rien.

— Alors, au nom du ciel, qu'est-ce que cette sombre tragédie qui s'est passée chez moi la nuit dernière?

— Si vous voulez venir jusqu'à mon domicile de Baker street, demain matin, entre neuf et dix heures, je serai heureux de pouvoir tout vous expliquer. Si j'ai bien compris, vous me donnez carte blanche pour agir en votre nom, pourvu que je retrouve les pierres, et vous ne me fixez pas de limite pour la dépense?

— Je donnerais ma fortune pour les retrouver.

— Très bien. J'examinerai la question d'ici à demain. Au revoir; il est bien possible que j'aie à revenir ici avant la nuit. »

Il était évident pour moi que mon compagnon avait déjà son opinion faite quoique je ne pusse même entrevoir la solution. Plusieurs fois, pendant le trajet du retour, je tentai de le sonder là-dessus, mais il passait toujours à un autre sujet, et je finis par y renoncer. Il n'était pas encore trois heures quand nous rentrâmes. Il alla droit à sa chambre, et en ressortit au bout de quelques minutes, habillé comme un vulgaire vagabond : avec son collet relevé, sa veste luisante aux coutures, son foulard rouge, et ses bottines usées, il en était le type accompli.

— Je crois que cela ira, dit-il en jetant un coup d'œil sur la glace au-dessus de la cheminée. Je voudrais que vous puissiez venir avec moi, Watson, mais je crains que ce ne soit nuisible. Suis-je sur la vraie piste ou n'est-ce qu'un leurre? en tout cas je le saurai bientôt. J'espère revenir sous peu. »

Votre fils était revenu avec sa prise.

Il alla au buffet, se coupa une tranche de bœuf, qu'il plaça en sandwich entre deux morceaux de pain, et mettant ce repas grossier dans sa poche, il partit en expédition.

Je venais de prendre mon thé de cinq heures quand il revint, de fort bonne humeur, et en tenant au bout des doigts une vieille bottine à élastiques. Il la jeta dans un coin, et se servit une tasse de thé.

— Je ne suis entré qu'en passant, dit-il. Je continue.

— Où cela?

— Oh! de l'autre côté de West-End. Je serai peut-être absent quelque temps. Ne m'attendez surtout pas.

— Et comment cela va-t-il?

— Oh! comme cela. Je n'ai pas à me plaindre. Je suis retourné à Streatham depuis que je vous ai quitté, mais sans entrer dans la maison. C'est un charmant petit problème que je suis bien heureux d'avoir eu à résoudre. Mais je n'ai pas le temps de bavarder; je vais ôter ces vêtements de douteuse apparence, et redevenir mon très respectable moi-même. »

Je voyais bien à ses manières qu'il avait de meilleures raisons d'être satisfait qu'il ne le disait. Ses yeux pétillaient et ses joues, si blêmes d'ordinaire, étaient légèrement colorées. Il monta chez lui rapidement; quelques minutes plus tard j'entendis fermer violemment la porte de la rue; il était reparti pour cette chasse qui le passionnait à un si haut degré.

Je l'attendis jusqu'à minuit, et ne le voyant pas venir, je rentrai dans ma chambre. Je l'avais souvent vu rester dehors plusieurs jours et plusieurs nuits de suite, lorsqu'il était sur une piste chaude, de sorte que son retard ne m'étonna pas. Je ne sais pas à quelle heure il rentra, mais quand je descendis déjeuner, le lendemain matin, il était là, aussi frais et dispos que possible, une tasse de café d'une main, son journal de l'autre.

— Vous m'excuserez d'avoir commencé sans vous, Watson, me dit-il; mais vous vous rappelez que notre client doit venir d'assez bonne heure ce matin.

— C'est vrai qu'il est déjà neuf heures passées, répondis-je. Je crois même que le voilà. Il me semble avoir entendu sonner. »

C'était en effet notre ami le financier. Je fus frappé du changement qui s'était fait en lui, car son visage, naturellement large et massif, était comme réduit et ratatiné, ses cheveux semblaient même avoir blanchi. Il entra avec une paresse et une léthargie qui étaient encore plus pénibles à voir que sa violence de la veille, et il tomba lourdement dans le fauteuil que je lui avançai.

— Je ne sais pas ce que j'ai fait pour être si cruellement éprouvé, dit-il. Il y a deux jours seulement, j'étais un homme heureux et prospère, sans un souci au monde. Aujourd'hui il ne me reste plus qu'une vieillesse solitaire et déshonorée. Il y a chez moi malheur sur malheur. Ma nièce Mary m'a abandonné.

— Abandonné?

— Oui. Son lit n'a pas été défait cette nuit, sa chambre était déserte ce matin, et il y avait une lettre pour moi sur la table du vestibule. Je lui avais dit hier, tristement, mais sans colère, que si elle avait épousé mon fils tout ceci ne serait pas arrivé. C'était une parole irréfléchie. C'est à cela qu'elle fait allusion dans sa lettre :

« Mon oncle chéri,

« Je sens que j'ai été la cause de votre malheur et que si j'avais agi différemment tout cela ne serait pas arrivé. Je ne puis plus jamais, avec cette idée, être heureuse sous votre toit, et il faut que je vous quitte pour toujours. Ne vous inquiétez pas de mon avenir, il est assuré, et surtout, ne me cherchez pas, ce serait peine perdue, et un mauvais service à me rendre. A la vie, à la mort, je suis toujours votre affectionnée.

« MARY. »

— Qu'est-ce que cette lettre veut dire, monsieur Holmes? croyez-vous qu'elle indique un suicide?

— Non, non, pas du tout, et c'est peut-être la meilleure des solutions. Je crois pouvoir vous dire, monsieur Holder, que vous touchez à la fin de vos malheurs.

— Ah! vous croyez? qu'avez-vous appris, monsieur Holmes? savez-vous où sont les pierres?

— Donneriez-vous mille livres pour chacune d'elles?

— J'en donnerais dix.

— Ce serait inutile. Trois mille livres suffiront. Il y a aussi une petite récompense, je crois. Avez-vous votre carnet de chèques? Voici une plume. Faites-le de quatre mille livres. »

Le banquier, tout étourdi, signa le chèque demandé. Holmes alla à son bureau et en tira un petit morceau d'or taillé en triangle avec trois pierres incrustées; il le jeta sur la table.

Avec un cri de joie, notre client s'en empara.

— Vous l'avez! dit-il haletant. Je suis sauvé! je suis sauvé! »

La réaction fut aussi violente que le chagrin l'avait été, et le pauvre homme pressait les pierres retrouvées sur sa poitrine.

— Vous avez une autre dette, monsieur Holder, dit Sherlock Holmes avec une certaine gravité.

— Une dette! Il saisit la plume. Dites la somme, et je payerai.

— Non pas à moi. Vous devez de très humbles excuses à ce noble garçon, votre fils, qui s'est conduit comme je serais fier de voir mon fils se conduire si jamais j'en avais un.

— Alors ce n'est pas Arthur qui avait pris les pierres?

— Je vous ai dit hier, et je vous répète aujourd'hui, que ce n'est pas lui.

— Vous en êtes sûr? Alors courons tout de suite lui apprendre que la vérité est découverte.

— Il le sait déjà. Quand j'ai eu tout éclairci, j'ai eu une entrevue avec lui, et voyant qu'il ne voulait pas parler, je lui ai tout dit. Il a dû m'avouer que j'avais raison et m'a donné les quelques détails qui me manquaient encore. Maintenant, peut-être consentira-t-il à vous parler.

— Au nom du ciel, expliquez-moi donc cet extraordinaire mystère!

— Tout de suite et je vous raconterai même comment je suis arrivé à la vérité. Mais laissez-moi vous dire d'abord le plus pénible pour vous et pour moi. Il y a eu entente entre sir Georges Burnwell et votre nièce Mary. Ils se sont enfuis ensemble.

— Ma Mary? Impossible!

— C'est malheureusement plus que possible : c'est certain. Ni vous, ni votre fils ne connaissiez le vrai caractère de cet homme que vous avez admis dans votre intimité. C'est l'un des hommes les plus dangereux d'Angleterre, un joueur ruiné, un misérable absolument désespéré, un homme sans cœur ni conscience. Votre nièce ne savait pas ce que sont de tels hommes. Quand il lui murmurait des paroles d'amour, les mêmes qu'il a murmurées à tant d'autres femmes avant elle, elle croyait avoir seule réussi à toucher son cœur. Satan inspirait ce misérable, à la fin la malheureuse devint un jouet entre ses mains; elle avait chaque soir des rendez-vous avec lui.

— Je ne peux pas, je ne veux pas croire cela, s'écria le banquier, dont le visage était devenu livide.

— Eh bien! moi, je vais vous dire ce qui s'est passé chez vous, l'autre nuit. Votre nièce, quand elle vous a cru rentré dans votre chambre, est descendue doucement et est allée causer avec son amoureux à la fenêtre qui donne sur la ruelle. La marque de ses pieds a complètement traversé la neige, ce qui prouve qu'il est resté là fort longtemps. Elle lui parla du diadème. Lui, dont la hideuse passion de l'or s'anima à cette nouvelle, plia votre nièce à sa volonté. Je ne doute pas qu'elle ne vous aime, mais il y a des femmes chez qui l'amour d'un homme domine les autres affections, je pense qu'elle doit être de celles-là. Elle avait à peine fini d'écouter ses instructions qu'elle vous vit descendre : elle ferma la fenêtre rapidement et vous raconta l'escapade d'une des filles de chambre avec son amoureux à la jambe de bois, escapade qui était vraie d'ailleurs.

« Votre fils Arthur alla se coucher après sa conversation avec vous, mais il dormit mal à cause de l'ennui que lui causaient ses dettes de jeu. Au milieu de la nuit, il entendit un pas léger devant sa porte, il se leva, et regardant dans le corridor, il fut très surpris d'y voir sa cousine marchant avec précaution et entrant dans votre cabinet de toilette. Pétrifié d'étonnement, il passa un vêtement, et attendit dans l'ombre la suite de cette étrange aventure. Votre nièce ressortit bientôt de la pièce en question, et, à la lueur de la lampe du corridor, votre fils la vit emportant le précieux diadème. Elle descendit. Lui, tremblant d'horreur, la suivit et, caché derrière un rideau, vit ce qui se passait dans le vestibule. Elle ouvrit doucement la fenêtre, remit le diadème à quelqu'un qui se cachait dans l'ombre, referma, et rentra chez elle, frôlant de près votre fils toujours caché derrière son rideau.

« Tant qu'elle était là, il ne pouvait rien faire sans perdre la femme qu'il aimait. Mais dès qu'elle eut disparu, il comprit quel malheur terrible c'était pour vous, et quelle importance il y avait à le conjurer. Il se précipita, tel qu'il était, nu-pieds, à la fenêtre, sauta dans la neige, et courut dans la ruelle, où il apercevait une ombre au clair de lune. Sir Georges Burnwel chercha à s'enfuir, mais Arthur le rattrapa : il y eut une lutte entre eux, votre fils tirant le diadème d'un côté, et son adversaire de l'autre. Dans la mêlée, il frappa sir Georges et le blessa au-dessus de l'œil. Quelque chose céda soudain, et votre fils, serrant le diadème entre ses mains, se sauva, ferma la fenêtre et remonta chez vous. Il venait de s'apercevoir que le diadème avait été tordu dans la lutte et cherchait à le redresser quand vous êtes arrivé.

— Est-ce possible? murmura le banquier.

— Vous avez excité sa colère en l'injuriant au moment où il pensait qu'il venait de mériter vos plus chaudes félicitations. Il ne pouvait dire la vérité sans trahir quelqu'un qui certainement ne méritait pas tant de considération. Mais il prit le parti le plus chevaleresque, et garda son secret.

— Et c'est pour cela qu'elle fondit en larmes et s'évanouit en voyant le diadème, s'écria M. Holder. Oh, mon Dieu ! quel fou aveugle j'ai été ! Et il demandait la permission de sortir cinq minutes ! Le cher enfant voulait chercher si le morceau brisé n'était pas tombé à terre. Comme je l'ai faussement et cruellement jugé !

— Quand j'arrivai à la maison, continua Holmes, j'en fis le tour très soigneusement pour voir si quelque trace dans la neige pourrait m'éclairer. Je savais qu'il n'était pas tombé de neige depuis la veille, et aussi qu'une forte gelée avait

dû conserver les empreintes. Le long du sentier des fournisseurs tout était piétiné et méconnaissable. Un peu plus loin cependant, au delà de la porte de la cuisine, une femme avait stationné et causé avec un homme qui avait laissé d'un côté une marque de jambe de bois. Je pouvais même reconnaître qu'ils avaient été dérangés, car la femme avait couru rapidement à la porte, ce que révélaient les empreintes; elles étaient profondes à la pointe du pied, et légères au talon. Jambe-de-bois, lui, avait attendu un instant avant de partir. Je pensai que ces deux individus pouvaient être la femme de chambre et l'amoureux dont vous m'aviez parlé, et l'enquête l'a prouvé du reste. Je parcourus le jardin sans rien trouver que des pistes tracées au hasard et qui devaient provenir de la police; mais dans la ruelle menant aux écuries, une longue et complexe histoire était écrite dans la neige.

« Il y avait une double piste de pas d'un homme chaussé, et une seconde double piste provenant d'un homme qu'à ma joie je reconnus avoir été nu-pieds. Je fus tout de suite convaincu, d'après ce que vous m'aviez dit, que cet homme n'était autre que votre fils. Le premier avait marché à l'aller et au retour, mais l'autre avait couru rapidement, et ses marques recouvrant parfois celles du premier, il était évident qu'il l'avait suivi. Je remontai cette piste et elle me conduisit à la fenêtre du vestibule, où l'homme aux bottines avait fait fondre la neige, preuve qu'il avait séjourné là assez longuement. Ensuite je repris mon contre-pied, jusqu'à environ cent mètres dans la ruelle. Là les bottines avaient fait face à l'ennemi, la neige avait été piétinée comme dans une lutte, et quelques gouttes de sang me montraient que je ne m'étais pas trompé. L'homme aux bottines avait encore couru dans la ruelle, et de nouvelles traces de sang montraient que c'était lui qui avait été blessé. Lorsque j'arrivai à la grand'route, les traces se perdaient, le trottoir ayant été balayé.

« En entrant dans la maison, j'avais examiné, à la loupe, vous vous le rappelez, le rebord et la boiserie de la fenêtre du vestibule. Je pus distinguer le contour

— J'ai vu un vagabond de mauvaise tournure dans la ruelle.

d'un pied humide, rentrant. Je pouvais dès lors me former une opinion sur ce qui s'était passé. Un homme s'était posté à la fenêtre, quelqu'un lui avait apporté le diadème; votre fils avait entendu du bruit et, ayant vu ce qui se passait, avait poursuivi le voleur; il avait lutté avec lui, chacun tirant de son côté sur le joyau de toutes ses forces, c'est ainsi qu'ils avaient pu réussir à le briser. Ensuite, votre fils était revenu avec sa prise, mais non sans en laisser un fragment entre les mains de son adversaire. Jusque-là, rien de plus clair. Restait à savoir qui était l'homme, et qui lui avait apporté le diadème?

« J'ai depuis longtemps pour principe que quand vous avez exclu l'impossible, ce qui reste, quelque improbable que ce soit, est pourtant la vérité. Je savais que ce n'était pas vous qui aviez apporté le diadème au dehors, il ne restait donc que votre nièce et les domestiques. Mais si c'étaient les domestiques, pourquoi votre fils se serait-il laissé accuser à leur place? Il n'y avait aucune raison pour cela. Tandis qu'il y avait dans son amour pour sa cousine une excellente raison de garder le secret, d'autant plus que ce secret entraînait le déshonneur. Lorsque je me rappelai que vous aviez vu la jeune fille à la fenêtre, et qu'elle s'était évanouie en revoyant le diadème, ma conjecture devint une certitude.

« Et quel pouvait être son complice? Un amoureux évidemment, le seul être qui pût lui faire oublier l'affection et la reconnaissance qu'elle vous devait! Je savais que vous sortiez peu, et que votre cercle d'amis était très restreint. Mais parmi eux était sir Georges Burnwel. J'avais entendu parler de lui comme d'un homme de mauvaise réputation. L'homme aux bottines ne pouvait être que lui, les bijoux devaient être entre ses mains. Même reconnu par Arthur, il pouvait se croire en sûreté, car il était impossible que votre fils le dénonçât sans compromettre sa propre famille.

« Maintenant, vous devinez facilement les moyens que j'employai. J'allai sous le déguisement d'un vagabond à la maison de sir Georges, je fis la connaissance de son valet de chambre, qui m'apprit que son maître s'était blessé à la tête la nuit précédente, et, pour six shillings, j'acquis une preuve irrécusable en achetant une paire de ses vieilles chaussures. Je les apportai à Streatham, et vis qu'elles s'adaptaient exactement aux marques que j'avais constatées dans la neige.

— J'ai vu un vagabond de mauvaise tournure dans la ruelle, hier après-midi.

— Précisément. C'était moi. Ayant trouvé mon homme, je rentrai et changeai d'habits. Mais le plus délicat restait encore à faire; il ne fallait pas de poursuites, pour éviter le scandale, et je savais qu'un misérable aussi retors que sir Georges comprendrait ce qui nous liait les mains. J'allai le voir. D'abord, naturellement, il nia tout. Puis, lorsque je lui dis point pour point ce qui s'était passé, il voulut faire du tapage, et arracha un poignard d'une panoplie. Mais je lui mis un pistolet sous le nez avant qu'il pût bouger. Je lui dis que nous lui payerions bien les pierres qu'il avait en sa possession, mille livres chacune. Cela lui arracha les premières marques de regret qu'il ait montrées.

« Le diable m'emporte, dit-il, j'ai lâché les trois pour six cents livres. » J'obtins facilement de lui l'adresse du recéleur, en lui promettant qu'il ne serait pas poursuivi. J'y allai aussitôt, et après bien des marchandages, j'obtins les pierres pour mille livres pièce. Alors j'allai voir votre fils, je lui dis que tout était arrangé, et enfin je rentrai me coucher à deux heures du matin, après ce que je puis appeler une bonne journée de travail.

— Une journée qui a épargné à l'Angleterre un gros scandale politique, dit le banquier en se levant. Et maintenant il faut que je coure à mon cher fils pour lui demander pardon. Quant à ma pauvre Mary!... Toute votre science ne pourrait me faire savoir où elle est maintenant?

— Je crois que nous pouvons dire avec certitude qu'elle est là où se trouve sir Georges Burnwell. Et, quelles qu'aient été ses fautes, elle en recevra bientôt une punition plus que suffisante.

LES HÊTRES POURPRES

OUR l'homme qui aime l'art pour l'art, dit Sherlock Holmes, en jetant de côté le *Daily Telegraph* dont il venait de lire les annonces, c'est souvent dans ses manifestations les moins importantes qu'il trouve le plus grand plaisir. Je suis heureux de constater, Watson, que vous avez fort bien saisi cette vérité; et dans ces récits de nos aventures que vous avez eu la bonté d'écrire, je dois même dire d'embellir, vous avez donné la prééminence moins aux *causes célèbres* et aux procès à sensation auxquels j'ai été mêlé, qu'à ces incidents banaux en eux-mêmes, mais faits pour exercer ces facultés de déduction et de synthèse logique dont j'ai fait une étude spéciale.

— Et cependant, repartis-je en souriant, je ne crois pas que je sois tout à fait absous du crime de sensationalisme qu'on a reproché à ces récits.

— Votre erreur, dit-il en prenant un charbon ardent avec les pincettes pour allumer la longue pipe de merisier, — qui remplaçait généralement celle de terre, lorsqu'il était d'humeur plutôt combative que méditative, — votre erreur a été d'avoir essayé de donner de la couleur et de la vie à chacun de ces récits, au lieu de vous borner à relater ce raisonnement serré de cause à effet qui en fait réellement le seul intérêt.

— Il me semble que je vous ai rendu pleine justice à ce sujet, répondis-je un peu froidement, car j'étais choqué par le sentiment de personnalité qui tenait une si large place dans le caractère singulier de mon ami.

— Non, ce n'est pas par égoïsme ou amour-propre, dit-il, répondant suivant son usage à mes pensées plutôt qu'à mes paroles; si je réclame pleine justice pour mon art, c'est parce que c'est chose impersonnelle, en dehors de moi-même. Les crimes sont communs, la logique est rare. C'est donc sur la logique plutôt que sur les crimes que vous devez appuyer. Vous avez abaissé au rang de simples contes ce qui aurait dû être une série de conférences. »

C'était par une froide matinée de printemps, et nous étions assis, après le déjeuner, de chaque côté de la cheminée où pétillait un feu clair. Un brouillard épais enveloppait les maisons aux couleurs sombres, et les fenêtres d'en face aperçues à travers ces jaunes vapeurs avaient l'air de taches noires et informes. Le gaz était allumé dans la pièce, il éclairait la nappe, et faisait briller la porcelaine et l'argenterie, car le couvert n'avait pas encore été enlevé. Sherlock Holmes, silencieux toute la matinée, était resté plongé dans la lecture des annonces de toute une série de journaux; ayant enfin renoncé à ses recherches, il s'était laissé aller à son humeur plutôt chagrine, pour me sermonner sur mes erreurs littéraires.

— D'un autre côté, reprit-il après une pause pendant laquelle il avait vigoureusement aspiré sa longue pipe et contemplé le feu, on ne peut guère vous accuser de sensationalisme, puisque parmi toutes ces causes dont vous avez bien voulu vous occuper, il y en a une bonne portion où il ne s'agit nullement de crimes dans le sens légal du mot. La petite affaire dans laquelle j'ai tenté d'être utile au roi de Bohême, l'aventure singulière de miss Sutherland, le problème relatif à l'homme à la lèvre retroussée, et l'incident de notre aristocratique célibataire, n'étaient pas du ressort de la loi. Mais pour éviter le sensationnel, je crains que vous ne soyez arrivé à côtoyer le banal.

— Je vous l'accorde, quant à la fin; je maintiens cependant que la manière de procéder était particulièrement originale et intéressante.

— Bah! mon cher ami, qu'importe au public, ce public qui ne sait rien observer, qui ne pourrait reconnaître un tisserand à ses dents, ni un compositeur à son pouce gauche; qu'importent au public les délicates nuances de l'analyse et de la déduction! Mais, en fait, si vous êtes banal, je ne puis vous en blâmer car le temps des grandes affaires est passé. L'homme, ou au moins l'homme criminel, a perdu toute hardiesse et toute originalité. Quant à mon métier, il semble dégénérer en une agence pour retrouver les crayons perdus, et donner des conseils aux jeunes filles qui sortent de pension. Me voici, je crois, arrivé au dernier degré. Cette lettre reçue ce matin semble être la limite extrême de l'avilissement, lisez plutôt! »

Il me jeta une lettre chiffonnée : elle venait de Montague-Place, et était datée de la veille. Voici ce qu'elle contenait :

« Cher monsieur Holmes,

« Je suis très désireuse de vous consulter au sujet d'une situation de gouvernante qui m'est offerte. J'irai vous voir à dix heures et demie demain, si cela ne vous dérange pas. Sincèrement à vous.

« VIOLETTE HUNTER. »

— Connaissez-vous cette jeune personne? demandai-je.
— Absolument pas.
— Il est dix heures et demie.
— Oui, et sûrement c'est elle qui vient de sonner.
— Ce sera peut-être plus intéressant que vous ne pensez. Rappelez-vous l'affaire de l'escarboucle bleue, qui, de simple bluette, vous a conduit à une sérieuse investigation. Il en sera peut-être de même cette fois-ci.
— Espérons-le! Mais nos doutes seront bientôt dissipés, car voici, je crois, la personne en question. »

En effet la porte s'ouvrait à ce moment, donnant passage à une jeune fille. Elle était simplement mais convenablement habillée; son visage gai, animé, était couvert de taches de rousseur comme un œuf de pluvier, et ses allures dégagées révélaient une femme habituée à se tirer d'affaire toute seule.

— J'espère que vous m'excuserez de vous déranger, dit-elle à mon ami qui s'était levé pour la recevoir; mais il m'arrive une étrange aventure, et n'ayant ni parents ni amis à consulter, j'ai pensé que vous seriez peut-être assez bon pour me donner un conseil.
— Asseyez-vous, je vous prie, miss Hunter. Je serai trop heureux de vous être utile. »

Je voyais que Holmes était favorablement impressionné par les manières et le langage de sa nouvelle cliente. Il la regarda de son œil investigateur, puis s'assit pour l'écouter, les paupières baissées, les doigts joints.

— J'ai été gouvernante pendant cinq ans, dit-elle, dans la famille du colonel Spence Munro, mais il y a deux mois le colonel fut envoyé à Halifax, dans la Nouvelle-Écosse, et comme il emmena ses enfants avec lui en Amérique, je me trouvai sans situation. Je mis des annonces dans les journaux, je répondis à celles qui pouvaient me convenir, mais sans succès aucun, si bien que mes faibles ressources commençant à s'épuiser, je ne savais réellement plus que devenir.

« Il y a dans le West End une agence du nom de Westaway qui a la spécialité de placer des gouvernantes ; j'y allais chaque semaine dans l'espoir d'y trouver une situation.

« Westaway est le nom du fondateur de l'établissement, mais la directrice est une miss Stoper. Elle se tient dans son petit bureau ; les dames qui cherchent un emploi attendent dans une antichambre et sont reçues par elle séparément. La demoiselle consulte ses registres en présence de chaque cliente pour voir si elle a une situation pouvant lui convenir.

« Lorsque j'allai à cette agence la semaine dernière, j'entrai à mon tour comme de coutume, et fus surprise de voir que miss Stoper n'était pas seule. Un homme

prodigieusement gros avec un visage très avenant et un gros menton qui s'allongeait en plis jusque sur son cou, était assis à côté d'elle, une paire de lunettes sur le nez, regardant très attentivement les dames qui entraient. A mon arrivée, il sauta sur sa chaise, et s'adressant à miss Stoper :

« — Voilà l'affaire, dit-il ; je ne pourrais rien demander de mieux. Parfait ! Parfait ! » Il paraissait tout à fait enthousiaste et se frottait les mains d'un air enchanté. Il paraissait si heureux que c'était plaisir de le regarder.

« — Vous cherchez une situation, mademoiselle ? me demanda-t-il.

« — Oui, monsieur.

« — Comme gouvernante ?

« — Oui, monsieur.

« — Et quels appointements demandez-vous ?

« — Chez le colonel Spence Munro, d'où je sors, j'avais cent francs par mois.

« — Oh ! tut, tut ! c'est de l'exploitation ! s'écria-t-il en levant les mains, comme un homme indigné ; comment peut-on offrir une

— Oh ! si vous le voyiez tuer des cancrelats avec une pantoufle !

somme aussi piteuse à une dame si charmante et si accomplie?

« — Mon savoir, monsieur, est peut-être moindre que vous ne l'imaginez, dis-je : un peu de français, un peu d'allemand, la musique, le dessin... »

« — Tut, tut ! s'écria-t-il, là n'est pas du tout la question. Il s'agit de savoir si, par vos manières, vous êtes vraiment une dame. Voilà tout. Sinon, vous ne pouvez vous occuper de l'éducation d'un enfant qui pourra quelque jour jouer un rôle considérable dans l'histoire de son pays. Si oui, comment un gentleman a-t-il pu vous faire accepter une somme aussi dérisoire? Vos appointements chez moi, madame, seront, pour commencer, de deux mille cinq cents francs par an. »

— Vous pensez bien, monsieur Holmes, que, dans la situation où je me trouvais, une telle offre me parut invraisemblable. Le monsieur, ayant peut-être remarqué mon air d'incrédulité, ouvrit un portefeuille, et en tira un billet de banque.

« — C'est aussi mon habitude, dit-il en souriant de l'air le plus aimable, si bien que ses yeux disparaissaient au milieu des plis de sa grosse figure, c'est mon habitude d'avancer aux gouvernantes la moitié de leurs appointements pour parer aux petites dépenses de voyage et de trousseau. »

— Je n'avais jamais rencontré un homme aussi aimable et aussi prévoyant. Comme je devais déjà de l'argent à mes fournisseurs, cette somme était providentielle; cependant je me sentais en défiance et je n'osais m'engager sans être mieux renseignée.

« — Puis-je vous demander où vous habitez, monsieur? lui dis-je.

« — Aux Hêtres Pourpres, dans le Hampshire, à cinq milles de Winchester. C'est un pays très agréable, chère mademoiselle, et la maison a un caractère antique qui lui donne un grand charme.

« — Et mes fonctions, monsieur? j'aimerais à les connaître.

« — Un enfant, un charmant petit lutin de six ans. Oh ! si vous le voyiez tuer des cancrelats avec une pantoufle ! Smack ! Smack ! Smack ! en voilà trois de détruits en un clin d'œil ! » Il se renversa sur sa chaise, et se prit à rire de telle manière que ses yeux disparurent une fois de plus.

— J'étais un peu étonnée des jeux de cet enfant, mais le rire du père me fit croire qu'il plaisantait.

« — Je n'aurai donc pas d'autres fonctions, dis-je, que de m'occuper d'un enfant unique?

« — Non, ce ne seront pas les seules, ma chère enfant, s'écria-t-il. Vous aurez, comme de raison, à obéir aux instructions que ma femme pourra vous donner, pourvu toutefois qu'elles soient de celles qu'une dame puisse exécuter sans manquer aux convenances. Vous n'y voyez aucune objection, hé !

« — Je serai heureuse de me rendre utile.

« — C'est cela. Passons à la toilette maintenant. Sur ce chapitre, par exemple, nous sommes un peu maniaques, voyez-vous, maniaques, mais bons. Si on vous demandait de porter une robe quelconque donnée par nous, vous ne vous opposeriez pas à notre petite fantaisie, hein?

« — Non, dis-je, très surprise.

« — Si on vous demandait de vous asseoir ici, ou là, cela ne vous offusquerait pas?

« — Oh ! non.

« — Ou de couper vos cheveux avant de venir chez nous? »

— Je pouvais à peine en croire mes oreilles. Comme vous voyez, monsieur Holmes, mes cheveux sont abondants, et d'un ton châtain assez particulier. On disait autour de moi qu'ils avaient la nuance rêvée par les artistes. Je ne pouvais accepter l'idée de les sacrifier ainsi.

« — Je crains que ceci soit tout à fait impossible, dis-je. Il me regardait attentivement avec ses petits yeux, et, sur ma réponse négative, je vis une ombre passer sur ses traits.

« — Malheureusement, c'est tout à fait essentiel, dit-il. C'est une idée de ma femme et les idées de femmes, mademoiselle, doivent être respectées. Alors vous ne voulez pas couper vos cheveux?

« — Non, monsieur, réellement, je ne puis pas, répondis-je nettement.

« — Ah ! très bien, cela tranche la question. C'est dommage, parce que sous les autres rapports vous me conveniez admirablement. Dans ce cas, miss Stoper, je désirerais voir encore quelques-unes de vos jeunes clientes. »

La directrice était restée tout le temps plongée dans ses papiers, sans dire un seul mot, mais elle me regarda d'un air si désappointé que je compris qu'elle perdait par mon refus une belle commission.

« — Désirez-vous que votre nom reste sur nos livres? me demanda-t-elle.

« — S'il vous plaît, miss Stoper.

« — Au fond, cela me semble assez inutile, puisque vous refusez de la sorte les offres les plus avantageuses, dit-elle aigrement. Vous ne pouvez guère vous attendre à ce que nous fassions de nouveaux efforts pour vous retrouver une occasion comme celle-ci. Au revoir, miss Hunter. »

Elle frappa sur un timbre, et le groom me reconduisit à la porte.

— Je dois vous avouer, monsieur Holmes, qu'en rentrant chez moi, où je trouvai mes armoires vides et deux ou trois factures sur la table, je commençai à regretter ma décision. Après tout, si ces gens avaient des idées étranges, et demandaient mon acquiescement à des choses extraordinaires, ils m'en indemnisaient largement. Bien peu de gouvernantes en Angleterre gagnent deux mille cinq cents francs par an. D'ailleurs, à quoi me servaient mes cheveux?

« Il y a des femmes à qui les cheveux courts vont bien; j'étais peut-être du nombre. Le lendemain je commençais à trouver que j'avais fait une bêtise, et le jour d'après, j'en étais persuadée. J'allais me décider à mettre ma fierté de côté et à retourner à l'agence pour voir si la situation était encore vacante, lorsque je reçus cette lettre du monsieur lui-même. Je vais vous la lire :

Les Hêtres Pourpres, près de Winchester.

« Chère mademoiselle Hunter,

« Miss Stoper a bien voulu me donner votre adresse, et je viens vous demander si vous n'êtes pas revenue sur votre décision. Ma femme désire vivement que vous veniez chez nous, car elle a été très favorablement impressionnée par la descrip-

tion que je lui ai faite de vous. Nous sommes disposés à vous donner sept cent cinquante francs par trimestre, c'est-à-dire trois mille francs par an pour vous dédommager des ennuis que pourraient vous causer nos fantaisies. Elles ne sont pas bien terribles, après tout. Ma femme aime une certaine nuance de bleu électrique, et voudrait que vous portiez, le matin dans la maison, une robe de cette couleur. Vous n'avez pas besoin cependant de vous l'acheter, car nous en avons une appartenant à ma fille Alice (qui est maintenant à Philadelphie) et qui vous irait, je crois, très bien. Quant à vous asseoir ici et là, à vous distraire de la manière qui vous sera indiquée, cela ne peut vraiment vous gêner en rien. Pour vos cheveux, c'est certainement grand dommage, car je n'ai pas pu m'empêcher dans notre court entretien de les admirer, mais je dois insister sur ce point, et j'espère que cette augmentation d'appointements vous dédommagera de ce sacrifice. Vos fonctions auprès de l'enfant seront faciles. J'espère que vous allez venir, j'irai vous chercher avec le dog-cart à Winchester. Faites-moi seulement savoir le train que vous prendrez.

« Sincèrement à vous.

« JEPHRO RUCASTLE. »

— Voilà la lettre que je viens de recevoir, monsieur Holmes, et je suis décidée à accepter. J'ai cru devoir cependant soumettre la chose à votre examen avant de prendre un engagement définitif.

— Mais miss Hunter, si vous êtes décidée, cela tranche la question.

— Seriez-vous d'avis de refuser?

— J'avoue que ce n'est pas précisément la situation que je choisirais pour ma sœur, par exemple.

— Qu'est-ce que tout cela peut signifier, monsieur Holmes?

— Ah! je n'ai aucune idée là-dessus. Je n'en sais rien. Et vous-même avez-vous une opinion?

— Je ne vois qu'une seule explication plausible. M. Rucastle paraît être un aimable homme doué d'un bon cœur. Mais sa femme est peut-être folle, et alors il cherche à se plier à toutes ses fantaisies pour empêcher les crises et pour éviter qu'on ne l'enferme dans un asile.

— C'est possible et je dirai même probable. Mais de toute façon cela ne présage pas un intérieur très agréable pour une jeune fille.

— Et les appointements, monsieur Holmes?

— Eh bien ! oui, c'est tentant, je l'avoue, trop tentant même. C'est là ce qui m'inquiète. Pourquoi vous offrent-ils trois mille francs par an, alors qu'ils auraient plus de gouvernantes qu'ils n'en voudraient à mille francs? Il y a quelque chose là-dessous.

— J'ai pensé qu'en vous mettant aujourd'hui au courant de tout cela, vous seriez au fait si j'ai besoin de vous plus tard. Je me sentirai plus forte, si je suis soutenue par vous.

— Oh ! vous pouvez compter sur moi. Il y a bien des mois que je n'ai rencontré un problème aussi intéressant; tous ces détails sont étranges. En cas de doute, ou de danger...

— Danger ! quel danger prévoyez-vous? »

Holmes secoua la tête gravement.

— Ce ne serait plus un danger si nous pouvions le définir. Mais, à quelque heure du jour ou de la nuit qu'un télégramme de vous me parvienne, je me porte à votre secours.

— Cela me suffit. »

Elle se leva vivement, toute trace d'anxiété avait disparu de sa figure.

— Je vais m'en aller dans le Hampshire sans aucune inquiétude. J'écris sur l'heure à M. Rucastle, je sacrifie mes pauvres cheveux ce soir, et je pars pour Winchester demain. »

Après avoir adressé encore quelques remerciements à Holmes, elle nous dit adieu, et sortit d'un pas léger.

— Au moins, dis-je en l'entendant descendre l'escalier, me paraît-elle très capable de se conduire toute seule.

— Et tant mieux pour elle, dit Holmes songeur. Je serais fort étonné si nous n'entendions pas parler d'elle sous peu. »

La prophétie de mon ami ne fut pas longue à se réaliser. Une quinzaine de jours s'était écoulée et pendant ce temps je m'étais surpris plus d'une fois à penser à cette femme et aux difficultés contre lesquelles elle avait peut-être à lutter seule. Les appointements extraordinaires qu'on lui donnait, les conditions si bizarres qu'on lui avait faites, tout dénotait des circonstances anormales; mais il m'était impossible de démêler s'il y avait là manie ou complot, et si l'homme était un philanthrope ou un scélérat. Quant à Holmes, il demeurait silencieux des heures entières, les sourcils froncés, l'air absorbé, refusant de me répondre si j'avais le malheur d'aborder le sujet qui m'intéressait.

« Des renseignements ! Je demande des renseignements ! s'écriait-il avec impatience; je ne puis bâtir sans fondements. » Et il terminait toujours en affirmant qu'il n'aurait jamais permis à une sœur d'accepter pareille situation.

Le télégramme que nous attendions nous parvint dans la soirée au moment où j'allais me coucher et où Holmes se préparait à travailler toute la nuit pour résoudre un problème scientifique : il était coutumier du fait; je le laissais souvent le soir penché sur une cornue, une éprouvette à la main, et je le retrouvais dans la même position le lendemain matin en venant déjeuner. Il déchira l'enveloppe jaune, parcourut le message, et me le jeta.

— Regardez donc les heures de trains dans l'indicateur, » dit-il, et il reprit son expérience de chimie.

L'appel était bref et urgent :

« Veuillez vous trouver à l'hôtel du Cygne noir, à Winchester, demain à midi. Je vous supplie de venir ! Je perds la tête.

« HUNTER. »

— Voulez-vous venir avec moi? me demanda Holmes.

— Je ne demande pas mieux.

— Alors consultez l'indicateur.

— Il y a un train à neuf heures et demie, qui arrive à Winchester à onze heures trente.

— Cela fera juste notre affaire. Mieux vaut remettre à plus tard mon analyse de l'acétone, car nous aurons besoin d'être frais et dispos demain matin. »

Deux fois, je l'ai vu tout à fait ivre.

de l'ouest à l'est. Le soleil brillait gaiement, mais il y avait dans l'air une pointe de fraîcheur qui pinçait et énervait. Par tout le pays, jusqu'aux collines arrondies des environs d'Aldershot, les petits toits rouges et gris des bâtiments de fermes émergeaient de la verdure pâle, à peine éclose.

« — Est-ce assez frais et ravissant? » m'écriai-je avec tout l'enthousiasme d'un homme échappé des brouillards de Baker street.

Mais Holmes secouait la tête gravement.

— Voyez-vous, Watson, c'est un des malheurs d'un cerveau conformé comme le mien, de ne pouvoir rien regarder sans le rapporter à ma spécialité. Vous voyez ces maisons dispersées et vous êtes frappé par leur pittoresque. Je les regarde, moi, et la seule pensée qui me vienne est celle de leur isolement et de l'impunité avec laquelle des crimes peuvent y être commis.

— Grand Dieu ! m'écriai-je. Qui peut parler de crime dans ces vieilles demeures qui exhalent un charme indéfinissable?

— Elles me remplissent toujours d'un certain effroi. C'est ma conviction, Watson, et elle est fondée sur l'expérience, que les recoins les plus noirs et les plus vils de Londres n'ont pas plus de péchés sur la conscience que la campagne la plus souriante et la plus belle.

— Vous m'effrayez !

— Et la raison en est évidente. La pression de l'opinion publique peut faire dans les villes ce que la loi seule est impuissante à obtenir. Il n'y a pas de ruelle si perdue soit-elle où le cri d'un enfant torturé, le bruit des coups donnés par un ivrogne n'excitent la sympathie et l'indi-

A onze heures, le lendemain, nous approchions de la vieille cité anglaise. Holmes avait commencé par s'absorber dans la lecture des journaux du matin, mais quand nous fûmes entrés dans le Hampshire, il les jeta et se mit à admirer le paysage. C'était une journée idéale de printemps; un ciel d'un bleu léger, tacheté de petits nuages blancs floconneux qui dérivaient

gnation chez les voisins; en un clin d'œil la justice avec tout son appareil est sur pied, il suffit d'un signe pour la mettre en mouvement et amener le criminel sur le banc de l'accusé. Mais voyez ces maisons isolées dans leur champ, habitées par des pauvres, qui ne savent rien de la loi. Pensez aux actes de cruauté infernale, aux crimes cachés qui peuvent s'y perpétrer lentement, sans que personne en sache rien. Si cette jeune fille qui nous appelle au secours avait habité Winchester, je n'aurais rien craint pour elle. Ce sont ces cinq milles dans la campagne qui m'inquiètent. Cependant, il est certain qu'elle n'est pas personnellement menacée.

— Non, si elle vient au-devant de nous à Winchester, c'est qu'elle peut au besoin s'échapper.

— C'est évident. Elle est libre.

— Quel est alors ce mystère? Avez-vous une donnée?

— J'ai trouvé sept solutions différentes, chacune pouvant s'adapter aux faits que nous connaissons. Mais je ne pourrai être fixé que d'après de nouveaux renseignements, et nous saurons bientôt ce que miss Hunter veut de nous.

Le « Cygne noir » est un hôtel renommé situé dans la rue Haute, tout près de la station; nous y trouvâmes la jeune fille qui nous attendait. Elle avait retenu un salon particulier et avait fait servir le déjeuner.

— Je suis si heureuse que vous soyez venu, s'écria-t-elle; c'est si aimable à vous ! Je ne sais en vérité quel parti prendre. Vos conseils vont m'être précieux.

— Dites-nous d'abord ce qui vous est arrivé.

— C'est par là que je commence et il faut que je sois brève, car j'ai promis à M. Rucastle d'être rentrée avant trois heures. Il m'a permis de venir en ville ce matin, mais il ne se doute guère de ce qui m'y amène.

— Procédons par ordre et commencez votre récit. »

Holmes étendit ses longues jambes devant le feu, et s'installa commodément pour écouter.

— Je dois avouer tout d'abord que je n'ai pas été mal traitée par M. et Mme Rucastle. C'est une justice à leur rendre. Mais je ne puis les comprendre, et leur attitude m'inquiète.

— Qu'est-ce que vous ne pouvez pas comprendre?

— Les raisons de leur manière d'être. Voici les faits tels qu'ils se sont passés. Quand j'arrivai ici, M. Rucastle m'attendait à la gare et il m'emmena en dog-cart aux Hêtres Pourpres. C'est, comme il me l'avait dit, une maison très bien située, mais sans aucun style. Figurez-vous une grande bâtisse carrée, blanchie à la chaux, tachetée de loin en loin de grandes plaques verdâtres dues à l'humidité. Aux alentours, sur trois côtés, des bois, et sur le quatrième une prairie qui descend vers la grande route de Southampton, route qui se trouve à cent mètres environ de la porte d'entrée. La prairie est la propriété de M. Rucastle, mais tout le reste fait partie du domaine de lord Southerton. Un bouquet de hêtres pourpres, juste en face de la porte, a donné son nom à cet endroit.

« M. Rucastle, qui s'était montré fort aimable, me présenta en arrivant à sa femme et à son enfant. Nous nous étions trompés, monsieur Holmes, en pensant que Mme Rucastle pouvait être folle.

« C'est une femme pâle, silencieuse, beaucoup plus jeune que son mari, car elle n'a pas plus de trente ans, et lui ne peut guère en avoir moins de quarante-cinq. J'ai cru comprendre qu'ils étaient mariés depuis environ sept ans, que M. Rucastle l'avait épousée étant veuf et que le seul enfant qu'il ait eu de sa première femme est cette fille qui est allée à Philadelphie. M. Rucastle me confia en secret que la raison du départ de sa fille était l'aversion exagérée qu'elle avait pour sa belle-mère dont la jeunesse rendait évidemment difficile la situation de Mlle Rucastle dans la maison de son père.

« Mme Rucastle me parut incolore au moral aussi bien qu'au physique. Elle ne me fit aucune impression, ni bonne ni mauvaise. C'est un être sans caractère. On voit qu'elle est passionnément attachée à son mari et à son petit garçon. Ses yeux gris clair vont constamment de l'un à l'autre pour voir ce dont ils peuvent avoir besoin, et le prévoir si possible. Lui, quoique brusque et bruyant, est bon pour elle à sa manière ; en somme ils paraissent faire bon ménage. Et cependant cette femme a un chagrin secret. Elle semble parfois absorbée, et son visage exprime la souffrance. Plus d'une fois, je l'ai surprise en larmes. J'ai cru quelquefois que c'étaient les dispositions de son fils qui l'attristaient, car je n'ai jamais vu de créature plus gâtée, ni douée de plus mauvais instincts. Cet enfant est petit pour son âge, mais il a une tête énorme et tout à fait disproportionnée. Sa vie se passe en alternatives d'accès de rage et de bouderie sombre. Il n'a qu'un plaisir : celui de tourmenter les êtres plus faibles que lui, et il a un talent remarquable pour attraper les souris, les oiseaux et les insectes. Mais j'aime mieux, monsieur Holmes, ne pas parler de ce qui n'est du reste que peu mêlé à mon histoire.

— Il me faut tous les détails, qu'ils vous paraissent utiles ou non.

— Je vais tâcher de ne rien omettre d'important. Un des désagréments de cette maison, et le premier qui me frappa, est la mauvaise façon qu'ont les domestiques. Il n'y en a que deux, un ménage. Toller, c'est le nom de l'homme, est un individu mal élevé, grossier, avec les cheveux et les favoris grisonnants ; il sent toujours la boisson. Deux fois depuis que je suis là, je l'ai vu tout à fait ivre, et M. Rucastle n'a pas eu l'air de s'en apercevoir. Sa femme est très grande et très forte avec un visage rébarbatif, elle est aussi silencieuse que Mme Rucastle mais beaucoup moins aimable. C'est un couple des plus déplaisants, qui me gêne peu du reste, car je passe presque tout mon temps dans la nursery et dans ma chambre, deux pièces mitoyennes qui sont situées dans un des angles de l'habitation.

« Les deux premiers jours qui suivirent mon arrivée aux Hêtres Pourpres, ma vie fut très calme ; le troisième jour, Mme Rucastle descendit après le déjeuner et glissa quelques mots à l'oreille de son mari.

« — Oh ! oui, dit-il, se tournant vers moi, nous vous sommes très reconnaissants, miss Hunter, d'avoir sacrifié vos cheveux à notre fantaisie. Je vous assure que cela sied fort bien. Nous allons voir maintenant comment vous va la robe bleu électrique. Vous la trouverez sur votre lit, et si vous voulez avoir la bonté de l'essayer, nous en serons très heureux. »

« Le costume, que je trouvai préparé pour moi, dans ma chambre, était d'un bleu tout particulier. L'étoffe, une sorte de serge, était de belle qualité, mais avait certainement servi. L'ensemble m'habillait à merveille et semblait fait sur mesure. M. et Mme Rucastle en témoignèrent leur joie d'une manière tout à fait exagérée. Ils m'attendaient dans le salon, une très grande pièce donnant sur la façade, avec trois portes-fenêtres.

« Une chaise avait été placée auprès de la fenêtre du milieu, le dossier tourné vers l'extérieur. On me demanda de m'y asseoir, et M. Rucastle, se promenant de long en large de l'autre côté de la pièce, se mit à me raconter les histoires les plus invraisemblables. Vous ne pouvez vous imaginer combien il était drôle et amusant, et je fus prise d'un fou rire. Mme Rucastle, qui ne comprend évidemment pas la plaisanterie, ne se dérida pas un instant, mais resta assise, les mains allongées sur les genoux et l'air anxieux. Au bout d'une heure environ, M. Rucastle fit tout à coup remarquer qu'il était temps de se mettre au travail, et que je pouvais me déshabiller pour aller rejoindre le petit Edouard dans la nursery.

« Deux jours après, la même cérémonie recommença, exactement dans les mêmes conditions. Je m'habillai de nouveau, je m'assis près de la fenêtre et je ris autant que la première fois des amusantes histoires tirées de l'inépuisable répertoire de mon hôte qui excellait à les raconter. Ensuite il me donna un roman à couverture jaune, et tournant un peu ma chaise pour que mon ombre ne tombât pas sur la page, il me demanda de le lui lire à haute voix. Je lus pendant environ dix minutes, une page prise au hasard, puis M. Rucastle m'interrompit au beau milieu d'une phrase et m'enjoignit d'aller changer de costume.

« Vous pouvez facilement vous imaginer,

monsieur Holmes, combien cette extraordinaire cérémonie excita ma curiosité. Ils avaient toujours soin, je remarquai, de me faire tourner le dos à la fenêtre, de sorte que je fus bientôt consumée du désir de voir ce qui se passait derrière moi.

« A première vue, cela paraissait impossible, mais je trouvai bientôt un moyen. Ma glace à main s'était cassée, ce qui me donna l'heureuse idée d'en dissimuler un morceau dans mon mouchoir. La fois suivante, au milieu de mes rires, je portai mon mouchoir à mes yeux, et pus ainsi voir ce qu'il y avait derrière moi. J'avoue que je fus désappointée. Il n'y avait rien, absolument rien.

« Du moins, ce fut ma première impression. Mais, en regardant de nouveau, j'aperçus sur la route de Southampton, route très fréquentée, un petit homme habillé de gris, portant toute la barbe, et qui, appuyé contre la barrière, semblait regarder fixement de mon côté. Je baissai mon mouchoir, et mes yeux rencontrèrent ceux de Mme Rucastle. Elle ne dit rien, mais je suis convaincue qu'elle avait deviné ma supercherie. Elle se leva tout de suite.

« — Jephro, dit-elle, il y a un impertinent sur la route qui ne cesse de regarder miss Hunter.

« — Ce n'est pas un de vos amis, miss Hunter? me demanda-t-il.

« — Non ; je ne connais personne par ici.

« — Par exemple ! Quelle impertinence ! Retournez-vous et faites-lui signe de s'en aller, voulez-vous?

« — Il me semble qu'il vaudrait bien mieux n'avoir pas l'air d'y faire attention !

« — Non, non, nous l'aurions toujours à rôder par là. Tournez-vous donc, et faites-lui signe, comme cela. »

« Je fis comme il me disait, et aussitôt Mme Rucastle baissa le store. C'était la semaine dernière, et depuis lors je ne me suis plus assise à la fenêtre, je n'ai plus porté la robe bleue et je n'ai plus vu l'homme sur la route.

— Continuez, je vous prie, dit Holmes, votre récit promet d'être des plus intéressants.

— Vous allez, je le crains, le trouver un peu incohérent, et il n'y aura pas toujours beaucoup de rapports entre les différents incidents que j'ai à vous raconter. Le jour même de mon arrivée aux Hêtres Pourpres, M. Rucastle me conduisit à une petite dépendance, près de la porte de la cuisine. En approchant j'entendis le bruit d'une chaîne et d'un gros animal se remuant.

« — Regardez par là, me dit M. Rucastle, en me montrant une fente entre deux planches. N'est-ce pas qu'il est beau? »

Je regardai et j'aperçus d'abord deux yeux brillants, puis une forme que l'obscurité rendait très vague.

« — N'ayez pas peur, me dit-il, en riant du frisson qui avait parcouru mes membres. Ce n'est que Carlo, mon mâtin. Je dis « mon » mais le vieux Toller est la seule personne qui puisse en venir à bout. On lui donne à manger une fois par jour, et pas trop encore, de sorte qu'il est toujours mauvais comme la gale. Toller le lâche chaque nuit, et Dieu ait pitié du voleur qui lui tomberait sous la dent. Pour l'amour du ciel, ne mettez le pied dehors la nuit sous aucun prétexte, car ce serait risquer votre vie. »

« Le conseil n'était pas sans valeur. Deux jours après, je regardais par la fenêtre de ma chambre à deux heures du matin. Il faisait un beau clair de lune, qui donnait à la pelouse devant la maison un reflet argenté et l'éclairait presque comme en plein jour. Je restais là, charmée de la beauté tranquille de ce spectacle, quand je vis remuer quelque chose sous l'ombre des hêtres. Puis je vis émerger un chien gigantesque, grand comme un veau, de couleur roussâtre, avec le museau noir, les lèvres pendantes, les os saillants. Il traversa lentement la pelouse et disparut dans l'ombre du côté opposé... La vue de cette terrible sentinelle muette me glaça le cœur plus qu'un voleur n'aurait pu le faire, je crois.

« Et maintenant, j'en arrive à une très étrange aventure. J'avais, vous le savez, coupé mes cheveux à Londres, et je les avais mis au fond de ma malle. Un soir, l'enfant couché, je me mis à examiner

Mais comment mes propres cheveux pouvaient-ils avoir été enfermés dans ce tiroir?

l'ameublement de ma chambre, et à arranger mes effets. Il y avait là une vieille commode, dont les deux tiroirs d'en haut étaient vides et ouverts, tandis que celui d'en bas était fermé à clef. J'avais rempli les deux premiers de linge, et comme j'avais encore beaucoup de choses à ranger, j'étais ennuyée de ne pouvoir utiliser le troisième. Je m'imaginai qu'il pouvait être resté fermé par oubli, et je pris mon trousseau de clefs pour essayer de l'ouvrir. La première clef y réussit. Il n'y avait qu'une chose dedans, et je parie que vous ne devinerez jamais ce que c'était : mes propres cheveux.

« Je les pris et les examinai. C'était exactement la même couleur, et la même quantité. Mais comment mes propres cheveux pouvaient-ils avoir été enfermés dans ce tiroir? C'était absolument impossible. Les mains tremblantes, j'ouvris ma malle et y retrouvai mes cheveux. Je comparai les deux tresses, elles étaient absolument identiques. N'était-ce pas extraordinaire? J'avais beau chercher, je ne pouvais comprendre ce que cela signifiait. Je remis les autres cheveux dans le tiroir, et je ne parlai pas de cette aventure aux Rucastle, car je sentais que je m'étais mise dans mon tort en ouvrant un tiroir qu'ils avaient fermé.

« Je suis observatrice de ma nature, monsieur Holmes, vous l'avez peut-être remarqué, et j'eus bientôt le plan de toute la maison assez net dans la tête. Il y en avait tout un côté qui ne me paraissait pas habité. Une porte, près des appartements du ménage Toller, conduisait évidemment dans cette partie de la maison, mais cette porte était toujours fermée à clef. Un jour, pourtant, en montant l'escalier, je vis M. Rucastle passer par cette porte, ses clefs à la main, et le visage tout différent de celui qui en faisait l'homme rond et jovial que je connaissais. Il avait les joues rouges, le front tout plissé de colère, et les veines des tempes gonflées. Il ferma la porte et passa rapidement près de moi sans me parler et sans même me regarder.

« Cela excita ma curiosité; et quand je sortis avec l'enfant pour me promener dans le jardin, je me dirigeai vers le côté d'où je pouvais voir les fenêtres de cette partie de la maison. Il y en avait quatre en ligne, dont trois simplement sales, tandis que la quatrième était barricadée. Evidemment personne n'habitait là. Comme je continuais à me promener en jetant un regard sur ces fenêtres, M. Rucastle survint; il avait repris son entrain habituel.

« — Ah ! dit-il, ne me croyez pas impoli par ce que j'ai passé à côté de vous sans vous parler, ma chère enfant. J'étais préoccupé par une affaire grave. »

« Je l'assurai que je ne m'en étais pas formalisée.

« — A propos, ajoutai-je, il me semble que vous avez toute une série de pièces inoccupées là-haut, il y en a même une dont les volets sont fermés. »

« Il parut surpris, et tressaillit même légèrement à cette remarque.

« — La photographie est une de mes passions, dit-il. J'ai ma chambre noire là-haut. Mais, mon Dieu ! quelle observatrice vous faites ! Qui l'aurait cru? qui jamais l'aurait cru? »

« Il parlait sur un ton plaisant, mais ses yeux ne plaisantaient pas. J'y lisais au contraire le soupçon et la contrariété.

« Alors, monsieur Holmes, du moment où je flairais un mystère, je n'eus plus qu'une idée : le découvrir. Ce n'était pas uniquement curiosité, quoique j'en aie ma part comme tant d'autres, c'était aussi un sentiment de devoir — le sentiment que si j'entrais là ce serait accomplir un bien. On parle de l'instinct des femmes; c'est peut-être cet instinct qui me guida.

« En tout cas, je l'avais; et je guettais soigneusement l'occasion de passer la porte défendue.

« Ce n'est qu'hier que cette occasion se présenta. Je dois vous dire que, en dehors de M. Rucastle, Toller et sa femme pénètrent dans ces pièces inhabitées; je vis même l'homme y porter un gros sac de toile noire. Ces temps-ci, il buvait plus que jamais et hier soir il était tout à fait ivre. En montant, je trouvai la clef sur la porte; je suis persuadée que c'est lui qui l'y avait laissée. M. et Mme Rucastle étaient tous deux en bas avec leur enfant; c'était donc une excellente occasion pour moi de satisfaire ma curiosité. Je tournai doucement la clef dans la serrure, j'ouvris la porte, et je me glissai dans les parages interdits.

« Je me trouvai dans un petit corridor sans tapis et dont les murs étaient blancs. Ce corridor tournait à angle droit; sur le retour, trois portes, dont la première et la troisième étaient ouvertes sur des pièces vides, poussiéreuses et tristes, l'une à deux fenêtres, l'autre à une seulement. Les carreaux des fenêtres étaient si sales qu'ils laissaient tout juste pénétrer la lumière.

« La porte du milieu était fermée et était assujettie par ce qui me sembla être une barre de lit en fer, attachée d'un côté par une grosse corde, et de l'autre par un cadenas. La porte elle-même était fermée à clef, mais la clef n'y était pas. Cette porte correspondait évidemment à la fenêtre barricadée que j'avais vue sur la façade, et cependant le rayon de lumière qui passait sous la porte indiquait que la chambre n'était pas obscure. Un vitrage dans le toit l'éclairait évidemment. Tandis que je regardais cette porte mystérieuse, me demandant quel secret elle pouvait cacher, j'entendis des bruits de pas dans la chambre, et sur l'étroit filet de lumière qui filtrait sous la porte, je vis une ombre se mouvoir. Une terreur folle me prit à cette vue, monsieur Holmes. Le courage me manqua soudainement et je m'enfuis en courant comme pour échapper à une main de fer qui eût cherché à saisir mes jupes.

« Je traversai le corridor, la porte, et tombai dans les bras de M. Rucastle, qui attendait de l'autre côté.

« — Ah ! dit-il en souriant, c'était vous. Je l'ai pensé en voyant la porte ouverte.

« — Oh ! j'ai eu si peur ! dis-je, toute haletante.

« — Chère, chère mademoiselle, — vous n'imaginez pas combien sa voix était

— Si vous pouvez la mettre sous clef.

caressante et tendre, — et qu'est-ce qui vous a donc tant effrayée? »

« Mais sa voix était trop cajoleuse. Il exagérait. Cela me mit immédiatement sur mes gardes.

« — J'ai eu la curiosité d'entrer dans l'aile inhabitée, lui répondis-je; mais tout y est si sombre, si solitaire, que la peur m'a prise et que je me suis sauvée en courant. Oh ! quel silence dans ce coin !

« — C'est tout? dit-il en me regardant fixement.

« — Mais que voulez-vous de plus?

« — Pourquoi pensez-vous que cette porte soit fermée à clef?

« — Je ne sais pas du tout.

« — C'est pour empêcher les gens qui n'ont rien à y faire d'y entrer. Comprenez-vous? »

7

« Il souriait toujours de la manière la plus aimable.

« — Certainement, si j'avais su...

« — Eh bien? vous savez maintenant. Et si jamais vous remettez les pieds ici, — en un instant son sourire se changea en une contraction de colère et il me terrifia d'un regard diabolique, — je vous donne en pâture au mâtin. »

« J'étais si effrayée que je ne sais plus ce que j'ai fait. J'ai dû le quitter brusquement pour rentrer chez moi. Je ne me rappelle plus rien jusqu'au moment où je me suis retrouvée, toute tremblante, sur mon lit. Alors j'ai pensé à vous, monsieur Holmes. Je ne pouvais plus vivre là sans prendre conseil de quelqu'un. J'avais peur de la maison, de l'homme, de la femme, des domestiques, de l'enfant même. Ils me faisaient tous horreur. Il me semblait que votre présence sauverait tout. Evidemment j'aurais pu m'enfuir de la maison, mais ma curiosité était presque aussi forte que ma crainte. Je résolus de vous télégraphier. Je mis mon manteau, mon chapeau, j'allai au bureau du télégraphe qui est à peu près à un demi-mille de la maison, et en revenant je me sentais déjà soulagée d'un grand poids. Je fus cependant saisie d'une crainte horrible en approchant de la maison et en pensant que le chien était peut-être lâché, mais je me rappelai que Toller était ivre-mort ce soir-là, qu'il n'avait pas dû songer à le mettre en liberté et que personne en dehors de lui n'avait pu le faire, tant la bête était féroce. Je rentrai sans incident, et passai la moitié de la nuit sans pouvoir dormir, dans ma joie de vous voir bientôt arriver. J'ai facilement obtenu la permission de venir à Winchester ce matin, mais il faut que je sois rentrée à trois heures, car M. et Mme Rucastle vont voir des amis et seront absents toute la soirée, de sorte qu'il faut que je sois auprès de l'enfant. Maintenant je vous ai exposé les faits, monsieur Holmes, et je serais bien heureuse d'en avoir l'explication, bien heureuse surtout de savoir ce que je dois faire. »

Nous avions, Holmes et moi, écouté toute cette histoire avec l'attention la plus soutenue. Mon ami se leva, se mit à arpenter la chambre, les mains dans les poches, le visage extrêmement préoccupé.

— Toller est-il toujours ivre? demanda-t-il.

— Oui. J'ai entendu sa femme dire à Mme Rucastle qu'elle n'en pouvait rien tirer.

— Bien. Et les Rucastle sortent ce soir?

— Oui.

— Y a-t-il une cave, avec une forte serrure?

— Oui.

— Il me semble, miss Hunter, que vous vous êtes comportée dans tout cela comme une femme intelligente et courageuse. Pourriez-vous faire encore quelque chose de plus? Je ne vous en parlerais pas, si je ne vous considérais comme une femme exceptionnelle.

— J'essaierai. Qu'est-ce que c'est?

— Nous arriverons aux Hêtres Pourpres, mon ami et moi, à sept heures. Les Rucastle seront déjà partis, et Toller sera, j'espère, toujours hors de combat. Il ne reste plus que sa femme pour donner l'alarme. Si vous pouvez l'envoyer chercher quelque chose à la cave, et la mettre sous clef, cela facilitera énormément notre besogne.

— Je le ferai.

— Parfait. Nous nous livrerons alors à un examen complet. Il n'y a qu'une explication possible. Vous avez été amenée là pour jouer la rôle de quelqu'un et le véritable personnage est enfermé dans la chambre mystérieuse. C'est évident. Quant à la prisonnière, je ne doute pas que ce ne soit la fille de M Rucastle, Alice Rucastle, si j'ai bonne mémoire, qu'on disait être allée en Amérique. Vous avez été choisie, sans aucun doute, parce que vous lui ressemblez de taille, de tournure et de cheveux. Les siens avaient été coupés, probablement à la suite d'une maladie, et naturellement les vôtres devaient être sacrifiés aussi. Par un curieux hasard vous avez trouvé la tresse coupée. L'homme de la route est sûrement un de ses amis — probablement son fiancé — qui est trompé par la ressemblance et aussi par cette robe de la jeune fille dont on vous a revêtue. Il est persuadé par votre gaieté et votre attitude que miss Rucastle est parfaitement heureuse et qu'elle ne désire plus qu'il lui fasse la cour. Le chien est lâché chaque nuit pour l'empêcher de communiquer avec elle. Tout cela est assez clair. Le point le plus sérieux de l'affaire est la nature de l'enfant.

— Quel rapport cela peut-il avoir? m'écriai-je.

— Mon cher Watson, vous êtes médecin, et vous avez appris à découvrir les dispositions d'un enfant en étudiant ses parents. Ne voyez-vous pas que la réciproque est vraie? J'ai souvent eu un premier indice sur le caractère d'un père en étudiant ses enfants. La nature de celui qui nous occupe est cruelle à un point anormal, il torture par pur amour de la cruauté, et soit qu'il tienne ce vice de son père, toujours souriant, ou de sa mère, c'est un triste présage pour la pauvre fille qui est entre leurs mains.

— Je suis sûre que vous avez raison, monsieur Holmes, s'écria notre cliente. Il me revient mille détails qui me prouvent que vous êtes tombé juste. Oh ! il n'y a pas un instant à perdre pour secourir cette pauvre créature.

— Il faut de la circonspection, car nous avons affaire à un homme rusé. Nous ne pouvons rien entreprendre avant sept heures. A ce moment-là, nous serons auprès de vous et le mystère sera vite éclairci. »

Fidèles à notre parole, il était sept heures tapant quand nous arrivâmes aux Hêtres Pourpres, après avoir laissé notre voiture sur la route, dans une auberge. Le groupe d'arbres, au feuillage sombre, brillant comme du métal poli à la lumière du soleil couchant nous aurait suffisamment désigné la maison, si miss Hunter elle-même ne nous eût attendu souriante sur le pas de la porte.

« Avez-vous réussi? » demanda Holmes.

Au même moment, nous entendîmes un bruit sourd venant du sous-sol. « C'est Mme Toller dans la cave, dit-elle. Son mari ronfle sur le paillasson de la cuisine. Voilà ses clefs, ce sont les mêmes que celles de M. Rucastle.

— Vous avez admirablement réussi !

s'écria Holmes avec enthousiasme. Maintenant, montrez-nous le chemin, et nous connaîtrons bientôt cette sombre histoire. »

Nous montâmes l'escalier, nous ouvrîmes la porte, nous longeâmes le corridor, et nous nous trouvâmes en face de la barricade décrite par miss Hunter. Holmes coupa la corde et enleva la barre transversale.

Il essaya plusieurs clefs dans la serrure, mais sans succès. Nul bruit ne venait de l'intérieur, et, à ce silence, la face de Holmes s'assombrit.

— J'espère que nous n'arrivons pas trop tard, dit-il. Je crois, miss Hunter, qu'il vaut mieux que nous entrions seuls. Allons, Watson, mettez-y l'épaule, et essayons d'enfoncer la porte. »

C'était une vieille porte qui céda tout de suite à nos efforts. Nous nous précipitâmes à l'intérieur. La pièce était vide ! Il n'y avait pour mobilier qu'un petit lit de camp, une petite table et un panier plein de linge. Le vitrage percé dans le toit était ouvert et la prisonnière était partie.

— Une nouvelle scélératesse, dit Holmes. L'excellent homme a deviné les intentions de miss Hunter et a enlevé sa victime.

— Mais par où?

— Par le toit. Nous allons bien voir comment il a fait. » Il se hissa par la lucarne. « Oh, oui, cria-t-il, voici le bout d'une longue échelle appuyée à la gouttière. C'est par là qu'il l'a enlevée.

— Mais c'est impossible, dit miss Hunter. L'échelle n'y était pas quand les Rucastle sont partis.

— Il est revenu tout exprès. Je vous dis que c'est un homme très fort et très dangereux. Je ne serais pas étonné que ce fût lui que j'entends monter. Watson, je crois que vous feriez bien de tenir votre pistolet prêt. »

Il n'avait pas fini qu'apparut à la porte un homme très gros et très grand, avec un énorme bâton à la main. Miss Hunter poussa un cri aigu et s'appuya au mur, mais Sherlock Holmes s'élança au-devant de l'individu :

— Misérable ! où est votre fille? »

Le gros homme regarda autour de lui, et aperçut la lucarne ouverte.

— C'est à moi de vous le demander, hurla-t-il, voleurs! Espions et voleurs! Je vous ai pris, hein? Vous êtes entre mes mains. Je vais vous arranger d'une belle manière! » Il se précipita dehors et descendit quatre à quatre l'escalier.

— Il est allé chercher le chien! s'écria miss Hunter.

— J'ai mon revolver, dis-je.

— Il vaut mieux aller fermer la porte de la maison, » répliqua Holmes, et nous descendîmes rapidement. Nous étions à peine en bas que nous entendîmes les abois d'un chien, puis un hurlement d'agonie et un bruit de lutte épouvantable. Un homme âgé, au visage rouge, aux jambes tremblantes parut en titubant devant la porte.

— Mon Dieu! cria-t-il. Quelqu'un a lâché le chien. Il n'a pas mangé depuis deux jours! Vite, vite, ou il sera trop tard! »

Holmes et moi courûmes dehors pour faire le tour de la maison, suivis de Toller. L'énorme animal affamé avait terrassé Rucastle et se roulait avec lui sur le sol, la gueule plongée dans la gorge de l'homme. Je m'approchai et lui fis sauter la cervelle d'un coup de revolver; il s'affaissa, mais ses dents blanches ne quittèrent pas les gras replis du cou de sa victime. A grand'peine nous les séparâmes, et transportâmes dans la maison le blessé, encore vivant, mais horriblement déchiré. On l'étendit sur un sofa et, tandis que Toller allait chercher sa femme, je fis ce que je pus pour alléger ses douleurs. Nous étions tous autour de lui quand la porte s'ouvrit et donna passage à une grande et forte femme.

— Mme Toller! s'écria miss Hunter.

— Oui, mademoiselle, M. Rucastle m'a ouvert en rentrant avant de vous rejoindre là-haut. Ah! mademoiselle, quel malheur que vous ne m'ayez pas dit vos projets, j'aurais pu vous avertir que c'était inutile.

— Ha! dit Holmes, en la regardant attentivement. Il est clair que Mme Toller en sait plus que personne là-dessus.

— Oui, monsieur, et je suis prête à dire tout ce que je sais.

— Eh bien! asseyez-vous, et dites-le, car je confesse qu'il y a plusieurs points qui restent obscurs pour moi.

— Je vais vite vous éclairer, et je l'aurais fait plus tôt si j'avais pu sortir de la cave. Si les tribunaux s'en mêlent, vous vous rappellerez que je fais cause commune avec vous, comme j'ai toujours pris parti pour miss Alice.

« Elle n'a jamais été heureuse à la maison, miss Alice, depuis que son père s'est remarié. Elle était mise de côté, et n'avait pas le droit d'ouvrir la bouche; mais ce fut bien pire lorsqu'elle eut fait, chez des amis, connaissance avec M. Fowler. Je crois bien que miss Alice, à la suite d'un héritage, avait une fortune personnelle; elle était si douce et si patiente qu'elle n'en parlait jamais et laissait tout entre les mains de son père. Il savait qu'il n'y avait rien à craindre d'elle; mais quand il a été question d'un mari qui exigerait tout son dû, alors il a voulu empêcher le mariage. Il a tenté de lui faire signer un papier comme quoi, mariée ou non, elle lui laisserait la libre disposition de sa fortune. Comme elle a refusé, il l'a tourmentée jusqu'à ce qu'elle eût une fièvre qui l'a mise à la porte du tombeau pendant six semaines. Enfin elle s'est remise lentement, mais elle n'était plus que l'ombre d'elle-même, et ses beaux cheveux avaient dû être coupés. Cela n'avait pas changé les sentiments de son amoureux qui lui était resté fidèle contre vents et marées.

— Ah! dit Holmes, cela explique tout, et je crois maintenant deviner le reste. M. Rucastle, alors, adopta ce système d'emprisonnement!

— Oui, monsieur.

— Et amena miss Hunter de Londres pour se débarrasser de la persistance désagréable de M. Fowler?

— Précisément, monsieur.

— Mais M. Fowler, ayant de la persévérance comme il convient à un bon marin, fit le siège de la maison, et, vous ayant rencontrée, réussit par certains arguments, métalliques ou autres, à vous persuader que vos intérêts étaient les mêmes que les siens.

... Et qu'une échelle fût toujours prête pour le moment où votre maître sortirait.

— M. Fowler est un gentleman très affable et très généreux, répondit Mme Toller avec sérénité.

— Et de la sorte, il s'arrangea pour que votre cher mari eût toujours à boire, et qu'une échelle fût toujours prête pour le moment où votre maître sortirait.

— Vous le dites, monsieur, tout comme cela est arrivé.

— Je vous dois certainement des remerciements, madame Toller, car vous avez éclairci tout ce qui nous intriguait. Mais voici le médecin du village et Mme Rucastle; je crois, Watson, que tout ce qu'il nous reste à faire est d'escorter miss Hunter à Winchester, car il me semble que notre *locus standi* est maintenant fort peu sûr.

Et ainsi fut éclairci le mystère de la sombre maison au bouquet de hêtres pourpres. M. Rucastle survécut, mais avec une santé toujours chancelante, et il ne conserva la vie que grâce aux soins dévoués de sa femme. Ils ont toujours avec eux leurs anciens serviteurs qui connaissent trop leur vie passée pour qu'il soit facile de s'en défaire. M. Fowler et miss Rucastle furent, par dispense spéciale, mariés à Southampton, le lendemain de leur fuite; lui est maintenant pourvu d'un poste officiel dans l'île Maurice. Quant à miss Violette Hunter, à mon grand désappointement, mon ami Holmes s'en désintéressa complètement, du jour où le problème était résolu, et elle est maintenant à Walsall, à la tête d'une école privée, très florissante, m'assure-t-on.

UN SCANDALE EN BOHÊME

Pour Sherlock Holmes c'est toujours « la femme ». Il ne parle jamais d'elle que sous cette dénomination ; à ses yeux elle éclipse le sexe faible tout entier. Ne croyez pourtant pas qu'il ait eu de l'amour, voire même de l'affection pour Irène Adler. Tous les sentiments violents et celui-là en particulier sont contraires à son caractère froid, méthodique et admirablement équilibré. Holmes est bien la machine animée et observatrice la plus parfaite qu'on puisse rencontrer, mais je ne vois pas mon personnage dans le rôle d'amoureux. Il ne m'a jamais parlé d'amour qu'avec un geste de mépris et un sourire railleur. Pour lui qui a mission d'observer et de déduire, la passion chez les autres est un secours puissant ; elle détermine sans cesse les mobiles secrets qui ont porté l'accusé à son crime ; mais le logicien de profession aurait grand tort de se laisser envahir par le sentiment ; cela équivaudrait à introduire dans des rouages fins et délicats un facteur étranger qui y porterait la plus grande perturbation ; le sentiment pourrait influer sur ses déductions. Une émotion violente pour une nature comme la sienne équivaudrait à un grain de sable dans un instrument de précision ou à une fêlure sur un de ses microscopes les plus puissants. Et cependant pour lui il n'y avait qu'une femme au monde et cette femme était feue Irène Adler, de mémoire douteuse.

Je n'avais pas vu Holmes depuis quelque temps. Mon mariage nous avait forcément séparés l'un de l'autre ; le bonheur parfait dont je jouissais, les nouveaux devoirs et les occupations inséparables d'une entrée en ménage absorbaient tous mes instants. De son côté, Holmes, dont la nature bohème répugnait à tout ce qui avait l'apparence du monde, continuait à résider dans son appartement de Baker street, enfoui sous ses vieux bouquins, étudiant sur lui-même les effets de la cocaïne ou se livrant à des rêves d'ambition ; en somme tantôt engourdi par le poison et tantôt dévoré par l'activité extraordinaire de son ardente nature. Il était comme toujours particulièrement attiré par les enquêtes criminelles et il mettait ses merveilleuses facultés d'observation au service de ces crimes mystérieux que la police renonçait à éclaircir. De temps en temps les échos de ses exploits me parvenaient vaguement; je savais qu'il avait été appelé à Odessa pour étudier le meurtre de Trepoff, qu'il avait jeté la lumière sur la singulière tragédie des frères Atkinson à Trincomalee et enfin qu'il s'était acquitté avec beaucoup de tact et de succès d'une mission délicate pour le compte de la maison régnante de Hollande. A part ces nouvelles que me donnaient du reste les feuilles publiques et qui me prouvaient qu'il était encore en vie, je ne savais presque rien de mon vieux camarade et ami.

Un soir, je me rappelle que c'était le 20 mars 1888, je revenais de voir un malade (car je m'étais consacré à la clientèle civile) et je longeais précisément la Baker street. En passant devant la porte bien connue, inséparable pour moi du souvenir de mes fiançailles et des sombres incidents de l'Étude de rouge, je fus saisi du désir irrésistible de revoir Sherlock Holmes et de savoir à quoi il employait ses extraordinaires facultés. Son appartement était très éclairé et en levant la tête j'aperçus, à travers le store, sa longue et mince silhouette allant et venant dans la pièce. Il marchait rapidement, la tête penchée sur la poitrine, les mains derrière le dos. Pour moi qui le connaissais à fond il n'y avait aucun doute; il était en plein travail; il s'était arraché à ses rêves et cherchait à résoudre quelque nouveau problème. Je sonnais et je fus introduit dans ce salon qui avait été aussi le mien autrefois.

Je ne fus pas reçu très chaudement; en apparence du moins, car dans le fond je crois qu'il était assez content de me revoir. Presque sans m'adresser la parole, il me désigna un fauteuil, me jeta son étui à cigares, me montra du doigt une cave à liqueurs et dans un coin un allume-cigare. Puis il se planta devant la cheminée et me fixa avec son regard si pénétrant.

— Le mariage vous réussit, me dit-il. Je suis sûr que vous avez gagné sept livres et demie depuis que je ne vous ai vu.

— Sept, répondis-je.

— Vraiment? Il me semblait que c'était un peu plus, quelques grammes seulement, j'en suis persuadé, Watson. Et vous vous êtes remis à exercer la médecine, je vois. Vous ne m'aviez pas dit que vous comptiez reprendre le collier de misère.

— Alors comment le savez-vous?

— Je le vois, ou je le déduis plutôt de ce que je vois. Vous avez été souvent mouillé ces temps derniers et vous avez une servante des plus maladroites et négligentes.

— Mon cher Holmes, dis-je, ceci est trop fort. Il y a quelques siècles on vous aurait sûrement brûlé vif comme sorcier. Il est parfaitement exact que j'ai dû faire jeudi dernier une longue course dans la campagne, et que je suis rentré trempé et couvert de boue; mais comme je ne porte pas aujourd'hui les mêmes vêtements, je ne comprends pas ce qui vous l'a fait découvrir. Quant à Marie-Jeanne, elle est incorrigible et ma femme lui a donné son congé; mais une fois de plus, je ne vois pas comment vous avez pu le deviner. »

Il esquissa un petit sourire moqueur et frotta l'une contre l'autre ses longues mains osseuses.

— C'est enfantin, dit-il; je vois d'ici que sur le rebord de votre soulier gauche, éclairé en ce moment par le feu, le cuir est sillonné de six coupures parallèles. Il est clair que ces coupures ont été faites par quelqu'un qui a gratté très négligemment le tour des semelles afin d'en enlever la boue désséchée. De là, vous le voyez, ma double déduction que vous étiez sorti par un très mauvais temps et que vous aviez chez vous un très fâcheux spécimen de la domesticité de Londres. Quant à l'exercice de votre profession, il est bien évident que lorsqu'un individu entre chez soi apportant avec lui une forte odeur d'iodoforme, qu'il a sur l'index une tache de nitrate d'argent et que son chapeau haut de forme est bossué à l'endroit où il cache son stéthoscope, il faudrait être idiot pour ne pas déclarer qu'il professe la médecine. »

Je ne pus m'empêcher de rire en l'entendant développer si naturellement son mode de déduction.

— Quand vous me donnez des explications, dis-je, la chose me paraît si simple que je me crois capable d'en faire autant; et néanmoins, à chaque nouvelle occasion, je me retrouve aussi novice et je ne comprends que lorsque vous m'avez une fois de plus développé votre procédé. Il me semble cependant que ce que

Il était taillé en hercule et vêtu avec une élégance qui touchait au mauvais goût.

vous voyez, je devrais le voir aussi.

— Assurément, me répondit-il, en allumant une cigarette et en se jetant dans un fauteuil. Vous voyez, mais vous n'observez pas, c'est certain. Par exemple vous avez souvent vu l'escalier qui mène de l'antichambre à cette pièce.

— Souvent.

— Combien de fois?

— Eh bien, quelques centaines de fois.

— Combien y a-t-il de marches?

— Combien? Je n'en sais rien

— Parfaitement. Vous n'avez pas observé. Et cependant vous avez vu; c'est bien ce que je vous disais. Moi, par contre, je sais qu'il y a dix-sept marches, parce que je ne me suis pas contenté de voir, j'ai observé. A propos, puisque vous vous plaisez à étudier mes problèmes et que vous avez même eu la bonté de publier quelques-uns de mes succès, tout insignifiants qu'ils fussent, ceci vous intéressera peut-être. »

Il prit sur la table une lettre et me la jeta. Je remarquai que le papier, légèrement teinté de rose, était de très belle qualité.

— J'ai reçu cette lettre hier par le dernier courrier, me dit-il. Lisez-la tout haut. »

Il n'y avait ni date, ni signature, ni adresse. En voici le texte :

« A huit heures moins un quart, ce soir, se trouvera chez vous une personne désirant vous consulter sur une matière très grave. Les services que vous avez rendus tout dernièrement à une des maisons royales d'Europe nous prouvent que l'on peut vous confier en toute sécurité les affaires les plus importantes. Ces renseignements, nous les avons de tous côtés reçus. Soyez donc chez vous à cette heure-là, et, si votre visiteur porte un masque, ne le prenez pas en mauvaise part. »

— C'est un mystère, en effet, dis-je. En avez-vous la clef?

— Non pas. C'est un grand tort d'échafauder une théorie avant d'avoir une donnée. Insensiblement on tâche d'adapter les faits à la théorie au lieu d'adapter la théorie aux faits. Mais parlons de la lettre elle-même. Qu'en déduisez-vous? »

J'examinai soigneusement l'écriture et le papier.

— L'homme qui a écrit ces lignes est, je présume, dans une situation aisée, dis-je en m'efforçant d'imiter le procédé de mon ami. Cette qualité de papier coûte au moins trois francs la boîte; il est singulièrement épais.

— Singulièrement, c'est bien le mot, dit Holmes. Ce n'est pas du papier anglais. Présentez-le à la lumière. »

J'obéis aussitôt et je distinguai un grand E avec un petit g, un P et un grand G avec un petit t imprimés dans la pâte du papier.

—Qu'en pensez-vous? demanda Holmes.

— C'est le nom du fabricant, sans doute, ou plutôt son monogramme.

— Pas du tout. Le G avec le petit t signifie Gesellschaft, ce qui veut dire en allemand « compagnie ». C'est une contraction usuelle comme le C° anglais, dans le même cas. Cherchons maintenant l'explication de Eg. Je vais consulter mon dictionnaire universel. »

Il prit sur un des rayons de sa bibliothèque un gros volume brun.

— « Eglo, Eglonitz, nous y voici : Egria. C'est une province de Bohême où on parle allemand, et qui est située non loin de Carlsbad. Remarquable pour avoir été le théâtre de la mort de Wallenstein et pour ses nombreuses manufactures de verre ainsi que ses moulins à papier. »

« Eh bien! mon garçon, qu'en pensez-vous?

Ses yeux brillaient, et, aspirant triom-

phalement sa cigarette, il envoya au plafond un gros nuage bleu.

— Ce papier a donc été fabriqué en Bohême, dis-je.

— Précisément. Et l'individu qui a écrit la lettre est Allemand. Avez-vous remarqué la construction bizarre de cette phrase : « Ces renseignements, nous les avons de tous côtés reçus. » Un Français ou un Russe n'aurait pas écrit cela. Il n'y a que l'Allemand qui soit si irrévérencieux pour ses verbes. Il ne nous reste donc plus qu'à savoir ce que veut cet Allemand qui écrit sur du papier de Bohême, et qui préfère porter un masque que de montrer son visage. Et si je ne me trompe, le voici qui vient en personne dissiper nos doutes. »

Comme il disait ces mots, nous entendîmes en effet des pas de chevaux dans la rue et le grincement des roues contre le frein, puis un violent coup de sonnette. Holmes se mit à siffloter.

— Une paire de chevaux, si je ne me trompe. Oui, continua-t-il en regardant la fenêtre. Un coupé d'un bon fabricant et de jolies bêtes. Cent cinquante guinées chacune. L'individu est riche tout au moins, Watson, s'il n'est pas autre chose.

— Je crois que je ferais bien de me retirer, Holmes.

— Pas du tout, docteur. Je vous prie au contraire de rester. Je me sens perdu sans mon Boswell et cette affaire promet d'être intéressante; ce serait vraiment dommage de ne pas la connaître.

— Mais votre client?

— Ne vous occupez pas de lui. Je puis avoir besoin de vous et lui aussi. Le voici du reste. Mettez-vous dans ce fauteuil et observez. »

Des pas lourds dans l'escalier et le corridor, un arrêt devant la porte, puis un coup sec et autoritaire.

— Entrez, dit Holmes.

C'était un homme d'au moins six pieds six pouces qui se présenta devant nous; il était taillé en hercule, et vêtu avec une élégance qui touchait au mauvais goût. Son pardessus croisé sur la poitrine était bordé sur le devant et aux manches de larges bandes d'astrakan. Le grand manteau bleu jeté négligemment sur son épaule était doublé d'une soie couleur de feu, et fixé au cou par une broche qui consistait en un béryl étincelant. Des bottes à mi-jambes garnies de fourrure complétaient l'aspect d'opulence exotique que suggérait l'ensemble de sa personne. Il tenait à la main un chapeau à larges bords et son visage était caché jusqu'aux joues par un domino noir qu'il venait évidemment de mettre à l'instant même, car il le tenait encore lorsqu'il entra. A en juger par le bas de son visage, c'était un homme de beaucoup de volonté avec une grosse lèvre tombante, un menton long et droit, signe d'un caractère résolu jusqu'à l'obstination.

— Vous avez reçu mon billet, demanda-t-il d'une voix grave et rude empreinte d'un fort accent allemand. Je vous y prévenais de ma visite. »

Il nous regardait alternativement, ne sachant auquel de nous deux il devait s'adresser.

— Je vous en prie, prenez un siège, dit Holmes. Je vous présente mon collègue et ami le Dr Watson, qui veut bien à l'occasion m'assister dans les enquêtes que j'ai à faire. A qui ai-je l'honneur de parler?

— Au comte de Kramm, si vous permettez, gentilhomme bohémien. Je crois comprendre que monsieur ici présent, votre ami, est un homme d'honneur et de discrétion à qui je puis confier une affaire de la plus haute importance. S'il en était autrement, je préférerais conférer avec vous seul. »

Je m'étais levé pour me retirer, mais Holmes me saisit par le poignet et me força à me rasseoir.

— Vous parlerez devant nous deux ou pas du tout, dit-il. Vous pouvez dire devant monsieur tout ce que vous me diriez en tête à tête.

Le comte haussa les épaules.

— Alors il faut que j'exige d'abord de vous deux le secret le plus absolu pendant deux ans; au bout de ce temps la chose pourra être ébruitée sans inconvénient. Pour l'instant je n'exagère pas en disant que la révélation de ce secret pourrait influer sur les destinées de l'Europe.

— Je vous donne ma parole, dit Holmes.

— Et moi aussi.

— Vous excuserez cé masque, continua notre singulier visiteur. Mon auguste maître désire que son serviteur vous soit inconnu et je préfère vous dire tout de suite que le titre que je me suis donné ne m'appartient pas.

— Je le savais, dit Holmes sèchement.

— Les circonstances dans lesquelles je me trouve sont très délicates et il est nécessaire de prendre toutes les précautions pour éviter un immense scandale qui compromettrait sérieusement une des maisons régnantes d'Europe. Pour parler franc, l'affaire touche l'illustre maison d'Ormstein qui règne sur la Bohême.

. — Je le savais aussi; murmura Holmes en s'enfonçant dans son fauteuil et en fermant les yeux. »

Notre visiteur jeta un coup d'œil étonné sur la longue silhouette de cet homme qui lui avait sans doute été dépeint comme l'un des logiciens les plus profonds et des policiers les plus célèbres de l'Europe entière. Holmes rouvrit lentement les yeux et regarda impatiemment son colosse de client.

— Si Votre Majesté daignait exposer son affaire, remarqua-t-il, je serais peut-être à même de lui donner un conseil. »

L'homme se leva brusquement et arpenta la pièce en proie à une agitation qu'il ne parvenait pas à dissimuler. Puis, avec un geste de désespoir, il arracha le domino de son visage et le jeta par terre.

— Vous avez raison, s'écria-t-il. Je suis le roi. Pourquoi chercherais-je à le dissimuler plus longtemps ?

— Pourquoi en effet? murmura Holmes. Avant que Votre Majesté n'eût prononcé une seule parole, je savais déjà que j'avais l'honneur de parler à Guillaume-Gollsreich-Sigismond d'Ormstein, grand-duc de Cassel-Felstein et roi héréditaire de Bohême.

— Mais vous comprenez, n'est-ce pas, dit notre étrange visiteur en se rasseyant et en passant sa main sur son front large et pâle, vous comprenez bien que je ne suis pas habitué à faire moi-même en personne pareille besogne. Et cependant, la matière est si délicate que je ne pouvais la confier à quelqu'un sans me mettre en son pouvoir. Je suis venu de Prague incognito tout exprès pour vous consulter.

— Alors consultez, je vous prie, dit Holmes, en refermant les yeux.

— En deux mots voici les faits : il y a quelque cinq ans, pendant un long séjour à Warsow, je fis connaissance avec l'aventurière bien connue qui répond au nom d'Irène Adler. Vous devez avoir entendu parler d'elle.

— Veuillez consulter mon index, docteur, je vous prie, murmura Holmes sans ouvrir les yeux.

Depuis des années, il avait adopté le système de collectionner tous les paragraphes concernant les hommes et les choses, de sorte qu'il était presque impossible de lui citer une chose ou une personne sur laquelle il ne fût pas documenté. Dans le cas présent je trouvai en effet la biographie qu'il cherchait entre celle d'un rabbin et celle d'un commandant d'état-major qui avait écrit une monographie sur les poissons qu'on trouve dans les grandes profondeurs de la mer.

— Montrez, dit Holmes. Hum ! née à New-Jersey en 1858. Contralto, hum ! La Scala, hum ! Prima donna à l'Opéra impérial de Warsow, oui. A renoncé à la scène, ha ! Habite Londres. C'est bien cela ! Si je ne me trompe, Votre Majesté s'est compromise avec cette jeune personne, a correspondu avec elle et désirerait rentrer en possession de ses lettres.

— Justement. Mais comment ?

— Y a-t-il eu un mariage secret ?

— Aucun.

— Pas de contrat ou de signature ?

— Aucun.

— Alors je n'y suis plus. Si cette jeune personne produit des lettres pour faire du chantage ou pour tout autre motif, comment peut-elle prouver leur authenticité ?

— Il y a l'écriture.

— Peuh ! cela peut être un faux.

— Mais le papier à lettre à mon chiffre ?

— Il peut avoir été volé.

— Mon propre cachet ?

— Imité.

— Ma photographie ?

— Achetée.

— Nous sommes sur le même cliché !

—Ah ! sapristi, ceci devient grave. Votre Majesté a en effet manqué aux convenances.

— J'ai été fou, insensé.

— Vous vous êtes sérieusement compromis.

— Je n'étais que prince héritier à ce moment-là ; j'étais jeune. J'ai à peine trente ans aujourd'hui.

— Cette photographie, il faut à tout prix la ravoir.

— Nous avons essayé sans aucun succès.

— Il faut que Votre Majesté la paye. Nous l'achèterons.

— Elle refuse de la vendre.

— Il faut la prendre, alors.

— On a essayé à cinq reprises différentes. Deux fois des cambrioleurs à ma solde ont bouleversé sa maison. Une autre fois nous avons détourné ses bagages de leur direction pendant un voyage qu'elle faisait. Deux fois elle a été dévalisée. On n'est arrivé à aucun résultat.

— On n'a même eu aucun indice ?

— Aucun.

— Absolument aucun ? — Holmes se mit à rire. — C'est un amusant petit problème, dit-il.

— Mais très sérieux pour moi, reprit le roi d'un ton de reproche.

—Très sérieux, en effet. Et que compte-t-elle faire de la photographie ?

— Elle compte en faire mon malheur.

— Comment cela ?

— Je suis sur le point de me marier.

— J'ai, en effet, appris cet événement.

— Avec Clotilde Lothman de Saxe-Meiningen, seconde fille du roi de Scandinavie. Vous connaissez les principes arrêtés de sa famille. Elle est elle-même très stricte sur ce qui est point d'honneur. L'ombre d'un doute sur ma conduite anéantirait ce projet.

— Et Irène Adler ?

— Menace de lui envoyer la photographie. Et elle le fera. Je l'en sais capable. Vous ne la connaissez pas, elle a une pierre à la place du cœur. C'est bien le plus ravissant visage de femme que je connaisse ; mais c'est une volonté d'homme, une volonté de fer. Elle ne reculera devant aucun moyen pour empêcher ce mariage.

— Vous êtes sûr qu'elle ne l'a pas encore envoyée, cette photographie ?

— J'en suis sûr.

— Et comment pouvez-vous l'affirmer ?

— Parce qu'elle a dit qu'elle ne l'enverrait que le jour où les fiançailles seraient officielles. Or, elles ne le seront que lundi prochain.

— Alors nous avons encore trois jours, dit Holmes en bâillant. C'est bien heureux, car j'ai à m'occuper en ce moment d'une ou deux affaires très importantes. Votre Majesté va naturellement rester à Londres quelques jours.

— Je vous laisse carte blanche.

— Sans aucune restriction?

— Absolument aucune. Je vous dis que je donnerais une province de mon royaume en échange de cette photographie.

Un groom à favoris, à demi ivre, entra dans la pièce.

— Certainement. Vous me trouverez à l'hôtel Langham sous le nom de comte de Kramm.

— Alors, je vous laisserai un mot pour vous faire savoir ce qui en est.

— Je compte bien sur vous pour cela. Vous devinez mon anxiété.

— Passons maintenant à la question d'argent.

— Et pour les frais?

Le roi tira de la poche de son manteau un sac en peau de chamois et le jeta sur la table.

— Voici trois cents livres sterling en or et sept cents en billets de banque, dit-il.

Holmes griffonna un reçu sur le feuillet de son carnet et le lui tendit.

— Et l'adresse de la demoiselle? demanda-t-il.

— Elle habite Briony Lodge, Serpentine Avenue Saint-John's wood.

Holmes prit note de l'adresse.

— Une dernière question, dit-il. La photographie est-elle encadrée?

— Oui.

— Alors bonsoir, Sire, et je pense que nous aurons sous peu de bonnes nouvelles à vous donner. Bonsoir aussi, Watson, ajouta-t-il, au moment où la voiture s'éloignait. Soyez assez bon pour revenir demain à trois heures. J'aimerais à recauser de tout cela avec vous.

* * *

A trois heures précises, le lendemain, je me trouvai chez Holmes, dans son appartement de Baker street; mais il n'était pas encore rentré. Sa propriétaire me dit qu'il était sorti un peu après huit heures du matin. Je m'assis au coin du feu, bien résolu à l'attendre. Je m'intéressais déjà vivement à cette affaire qui, pour ne pas présenter les caractères hideusement étranges des deux enquêtes criminelles que j'ai relatées ailleurs, n'en avait pas moins, par elle-même et par la haute situation de son client, une physionomie particulière. De plus, en dehors de la nature de l'investigation dont mon ami était chargé, c'est toujours pour moi un plaisir très grand d'étudier sa méthode de travail, et la manière dont il arrive à débrouiller de main de maître, avec une sûreté de raisonnement incroyable, les situations les plus compliquées. J'étais si habitué à son invariable succès, que je ne pensais même pas à l'éventualité d'un échec.

Il était près de quatre heures lorsque la porte s'ouvrit et un groom à favoris, à demi ivre, avec les joues enluminées et les vêtements en désordre, entra dans la pièce. Quelque accoutumé que je fusse à l'extraordinaire talent qu'avait mon ami pour se grimer, je dus le regarder jusqu'à trois fois pour m'assurer que c'était bien lui. Avec un signe de tête il disparut dans sa chambre à coucher d'où il ressortit cinq minutes après, vêtu d'une manière respectable. Comme d'ordinaire, il s'installa devant la cheminée pour se chauffer les pieds, et, les mains dans les poches, il éclata de rire.

— Non, c'est trop fort! Et il fut pris d'un tel accent de gaieté qu'il en perdit la respiration et retomba épuisé sur sa chaise.

— Qu'y a-t-il donc?

— C'est vraiment trop drôle. Vous n'imaginerez jamais à quoi j'ai employé ma matinée et à quelle extrémité j'en ai été réduit.

— Je n'en sais rien. Je suppose que vous avez surveillé les faits et gestes et peut-être la maison de Mlle Irène Adler.

— Assurément. Mais le résultat a été très inattendu. Je vais vous en faire juge. Je suis sorti de chez moi un peu après huit heures ce matin, déguisé en groom et à la recherche d'une place. Il existe une grande camaraderie entre palefreniers. Soyez des leurs, et vous saurez vite tout ce que vous pouvez désirer. Je découvris bien vite Briony Lodge. C'est un bijou de villa à deux étages avec un jardin derrière. La façade donne sur la route, et la porte a une serrure de sûreté. Un grand salon à droite, bien meublé, avec des grandes fenêtres descendant presque jusqu'au sol et ces absurdes fermetures de sûreté qu'un enfant ouvrirait. Derrière, rien de remarquable, sauf que la fenêtre du corridor est facilement accessible par la toiture des écuries. J'ai fait le tour de la maison et je l'ai examinée de près, de tous les côtés, mais sans trouver quoi que ce soit qui fût digne d'intérêt.

Je flânai ensuite dans la rue et j'y trouvai, comme je m'y attendais du reste, des écuries dans une ruelle qui longe un des murs du jardin. J'aidai le garçon d'écurie à panser ses chevaux et il me donna en échange quatre sous, un verre de vin, deux bonnes prises de caporal et tous les renseignements possibles sur Mlle Adler, sans parler des détails sur une demi-douzaine de personnes auxquelles je ne m'intéressais nullement, mais dont je fus forcé d'écouter la biographie.

— Et Irène Adler? demandai-je.

— Oh! elle a tourné la tête de tous les hommes dans ce quartier-là. C'est la personne la plus charmante qui ait jamais coiffé chapeau sur notre globe, dit-on dans

Je me demandais si je suivrais la voiture à la course.

les écuries de la rue Serpentine. Elle vit tranquillement, elle chante dans les concerts, sort en voiture tous les jours à cinq heures, et rentre exactement à sept heures pour dîner. Elle sort rarement à d'autres heures, excepté quand elle doit chanter. En fait d'ami, elle n'en a qu'un, mais on le voit souvent entrer chez elle. Il est brun, joli garçon, élégant de tournure; il ne vient jamais moins d'une fois par jour et souvent deux fois. C'est un M. Godfrey Norton, d'Inner Temple. Vous voyez combien il est avantageux d'être le confident d'un cocher de fiacre. C'est une voiture des écuries Serpentine qui a ramené chez lui une douzaine de fois cet individu et on est au courant de tout ce qui le touche. Lorsque j'eus écouté tout ce qu'ils avaient à me dire, je me mis à arpenter la rue près de Briony Lodge et à préparer mon plan de campagne.

Ce Godfrey Norton était évidemment un facteur important dans l'affaire. C'est un homme de loi, et ceci me parut plutôt de mauvais augure. Quelles relations existaient entre eux et quelle était la raison de ses visites fréquentes? Était-elle sa cliente, son amie ou sa maîtresse? Si elle était sa cliente, elle lui avait probablement confié la photographie. Si elle était sa maîtresse, c'était moins probable. De la réponse à cette question dépendait ma décision. Il s'agissait de savoir en effet si je devais continuer mes investigations à Briony Lodge ou diriger mes recherches vers l'appartement du monsieur, au Temple. C'était un point délicat et cela élargissait le champ de mon enquête. Mais je crains un peu de vous ennuyer avec tous ces détails; d'un autre côté, je veux vous laisser voir ma perplexité, afin de vous bien exposer la situation.

— Je vous suis attentivement, répondis-je

— J'hésitais encore lorsqu'un hansom s'arrêta devant Briony Lodge. Un monsieur en descendit. C'était un homme brun particulièrement beau, avec un nez aquilin et une moustache, évidemment l'homme dont on m'avait parlé. Il semblait très pressé, cria au cocher de l'attendre, et passa devant la femme de chambre qui lui avait ouvert la porte comme un homme qui est tout à fait chez lui.

« Il resta dans la maison une demi-heure environ, et je l'apercevais par moments à travers les fenêtres du salon, arpentant la pièce, gesticulant et parlant avec excitation. D'elle, je ne voyais absolument rien. Tout à coup il parut, et il me sembla qu'il était encore plus troublé qu'auparavant. Au moment de monter dans le fiacre il tira une montre d'or de sa poche et la regarda attentivement. « Conduisez-moi au galop, cria-t-il, d'abord chez Gross et Hankey, Regent street, puis à l'église de Sainte-Monique sur la route Edgware. Un demi-louis si vous faites ce trajet en vingt minutes.

« Ils partirent et j'étais en train de me demander si je ne ferais pas bien de les suivre, lorsque je vis arriver dans la rue un élégant landau dont le cocher avait son pardessus à demi boutonné, sa cravate remontée jusqu'aux oreilles, tandis qu'aucune des courroies de son harnais n'était convenablement bouclée. Le landau était à peine arrêté que la dame s'était déjà précipitée hors de la maison et dans la voiture. Je ne fis que l'entrevoir à ce moment, mais c'était une de ces femmes dont la beauté peut inspirer la plus violente passion.

« — A l'église de Sainte-Monique, cria-t-elle, et un demi-louis si vous m'y menez en vingt minutes. »

« C'était une occasion qu'il ne fallait pas manquer, Watson. Je me demandais si je suivrais la voiture à la course ou si je m'accrocherais derrière le landau, lorsqu'un fiacre vint à passer dans la rue. Le cocher regarda d'un air de méfiance le client d'aspect si misérable qui se présentait à lui mais je ne lui donnai pas le temps de la réflexion et je sautai dans le véhicule. « A l'église de Sainte-Monique, lui dis-je, et un demi-louis si vous m'y menez en vingt minutes. » Il était midi moins vingt-cinq et il était facile de deviner l'événement qui se préparait

« Mon cocher marcha très vite. Je ne crois pas avoir jamais brûlé le pavé de cette manière, et cependant les autres étaient déjà arrivés lorsque je parvins à l'église. Le fiacre et le landau avec des chevaux ruisselants de sueur étaient arrêtés devant la porte. Je payai mon cocher et je me hâtai d'entrer dans le temple. Il était désert à l'exception de deux personnes que j'y avais suivies et d'un pasteur qui semblait discuter avec elles. Ils formaient tous trois un groupe devant l'autel. Je montais en badaud l'un des bas côtés du temple lorsque, à ma grande surprise, les trois personnages qui se trouvaient dans le sanctuaire se tournèrent de mon côté et Godfrey Norton vint à moi en courant.

« — Dieu soit béni, s'écria-t-il. Voilà l'affaire. Venez, venez.

« — Quoi donc, qu'y a-t-il? demandai-je.

« — Venez, monsieur, venez, je vous en prie, plus que trois minutes ou nous ne serons plus dans la légalité. »

« Je fus entraîné devant l'autel et avant de savoir où j'en étais, je me surpris marmottant des réponses qu'on me soufflait à l'oreille et jurant des choses que j'ignorais totalement, en somme assistant au mariage de Mlle Irène Adler et de Godfrey Norton, célibataire. Ce fut l'affaire d'un instant, et aussitôt le monsieur d'un côté, la dame de l'autre, se confondirent en remerciements, tandis qu'en face de moi je voyais la figure rayonnante du pasteur. C'était la position la plus ridicule qu'on puisse voir et c'est en y pensant que j'ai éclaté de rire tout à l'heure. Il paraît qu'il y avait eu un vice de forme dans leur dispense de bans, que le pasteur refusait absolument de les marier sans un témoin quelconque, et que mon arrivée sauva le marié de l'ennui de courir dans la rue à la recherche d'un témoin. La fiancée me donna un louis et je compte le porter à ma chaîne de montre en souvenir de l'événement.

— L'affaire prend une tournure tout à fait inattendue, dis-je. Et alors?

— Alors je me rendis compte que nos plans étaient sérieusement menacés. Je pensais que le couple allait se mettre en route immédiatement et que cela nécessiterait des mesures très promptes et très énergiques de ma part. Ils se séparèrent cependant à la porte du temple, lui se dirigeant vers sa demeure et elle vers sa villa.

« J'irai faire ma promenade habituelle en voiture au parc à cinq heures, dit-elle en le quittant. » Je n'en entendis pas davantage. Ils partirent chacun dans une direction différente et je m'en allai dresser mon plan d'attaque...

— Qui est?

— Du bœuf froid et un verre de bière, répondit-il en sonnant. J'ai été trop occupé pour penser à manger et il est probable que je serai encore plus occupé ce soir. A propos, docteur, j'aurai besoin de votre concours.

— J'en serai ravi.

— Vous ne craindrez pas de contrevenir la loi?

— Pas le moins du monde.

— Ni de courir la chance d'être arrêté?

— Aucunement, si c'est pour une bonne cause.

— Oh! la cause est excellente.

— Alors, je suis votre homme.

— J'étais bien sûr de pouvoir compter sur vous.

— Mais qu'est-ce que vous voulez de moi?

— Lorsque Mme Turner aura apporté le plateau, je vous expliquerai la chose. Maintenant, dit-il, en se tournant d'un air affamé vers la frugale chère que notre propriétaire avait préparée, nous discuterons tandis que je me restaurerai, car je n'ai pas beaucoup de temps à moi. Il est presque cinq heures, maintenant. Dans deux heures il faut être sur le lieu de la scène. Mlle Irène ou plutôt Mme Irène rentre de sa promenade à sept heures. Il faut que nous soyons à Briony Lodge pour la recevoir.

— Et alors?

— Reposez-vous sur moi de tout le reste. J'ai déjà préparé ce qu'il y avait à faire. Il n'y a qu'un point sur lequel j'insisterai, c'est que vous ne vous mêliez de rien, quoi qu'il arrive. Vous comprenez?

— Je dois rester neutre?

— Vous ne devez faire quoi que ce soit! Il y aura probablement un peu de tumulte et de désarroi. Ne vous en effrayez pas! Cela se terminera par ceci : que je serai invité à entrer dans la maison. Quatre ou cinq minutes après, la fenêtre du salon s'ouvrira, vous devrez vous placer tout près de cette fenêtre ouverte.

— Oui.

— Vous m'observerez car vous me verrez facilement.

— Oui.

— Et lorsque je lèverai la main comme

ceci vous jetterez dans la chambre ce que je vous aurai donné à jeter, et, en même temps, vous crierez : « Au feu ! » Vous me suivez bien ?

— Parfaitement.

— Ce n'est rien de bien terrible, dit-il en tirant de sa poche un rouleau de la forme d'un cigare. C'est une simple fusée de plombier, munie, à chaque extrémité, d'une amorce qui fait qu'elle s'allume automatiquement. Votre rôle se borne à cela. Lorsque vous crierez :« Au feu ! » ce cri sera répété par un grand nombre de gens. Vous pourrez alors aller jusqu'au bout de la rue et je vous rejoindrai dix minutes plus tard. J'espère que vous m'avez bien compris ?

— Je dois rester neutre, m'approcher simplement de la fenêtre, vous observer, et au signal que vous me donnerez, jeter l'objet que voilà, puis pousser le cri de : « Au feu » et attendre au coin de la rue.

— Précisément.

— Alors vous pouvez absolument compter sur moi.

— C'est parfait. Maintenant je crois qu'il est temps que je me prépare à mon nouveau rôle. »

Il disparut dans sa chambre et revint quelques minutes plus tard déguisé en aimable et naïf pasteur non-conformiste. Son grand chapeau noir, ses larges pantalons, sa cravate blanche, son sourire sympathique et son aspect général de bienveillante bonté en faisaient le type du genre.

Ce n'était pas le costume seul que Holmes savait changer. Il prenait toujours l'expression, les manières et jusqu'à l'âme pour ainsi dire de celui qu'il représentait. La scène perdit un acteur de premier ordre, tout comme la science un logicien subtil, lorsqu'il se fit une spécialité de la recherche des crimes.

Il était six heures un quart lorsque nous quittâmes Baker street, et il était sept heures moins dix lorsque nous arrivâmes dans l'avenue Serpentine que nous nous mîmes à arpenter à la hauteur de Briony Lodge en attendant l'arrivée des personnes qui nous intéressaient ; pendant ce temps la nuit était venue et les lampes s'étaient allumées. La maison était absolument telle que je me l'étais figurée d'après la description succincte de Sherlock Holmes, mais le quartier était moins désert que je ne l'avais pensé. Au contraire, pour une petite rue d'un quartier paisible, elle était très animée. Il y avait un groupe d'hommes mal vêtus, fumant et riant dans un coin, un rémouleur, deux sergents de ville faisant la cour à une petite bonne et plusieurs jeunes gens bien mis qui allaient et venaient, le cigare à la bouche.

— Vous comprenez, dit Holmes, que ce mariage simplifie singulièrement les choses. La photographie est maintenant une arme à double tranchant. Il est probable que la dame redoute autant de la laisser voir à M. Godfrey Norton que notre client à la princesse. Maintenant la question est celle-ci : où trouverons-nous cette photographie ?

— Où en effet ?

— Il est peu probable qu'elle la transporte avec elle. C'est une grande épreuve impossible à dissimuler sous des vêtements de femme. Elle sait que le roi est capable de lui faire dresser un guet-apens et de la faire fouiller. Il y a eu déjà deux tentatives de ce genre. Il est donc certain qu'elle ne l'emporte pas avec elle.

— Où l'a-t-elle déposée, alors ?

— Chez son banquier ou son homme d'affaires. Il y a cette double éventualité. Mais je suis disposé à croire que ce n'est à aucune de ces deux hypothèses qu'il faut s'arrêter. Les femmes sont généralement cachottières. Pourquoi, après tout, la confierait-elle à quelqu'un ? On se fie à soi-même, mais on ne peut savoir quelles influences indirectes ou politiques pourraient peser sur l'homme d'affaires. De plus, rappelez-vous qu'elle avait résolu de s'en servir dans quelques jours. La photographie doit donc se trouver à portée et par conséquent dans sa propre demeure.

— Mais sa maison a été cambriolée deux fois.

— Peu importe, ils n'ont pas su chercher.

— Comment ferez-vous pour la découvrir ?

— Je ne la chercherai pas.

— Quoi alors ?

— Je l'obligerai à me la montrer.

— Elle refusera sûrement.

Elle ne le pourra pas. Mais j'entends le roulement d'une voiture. C'est précisément la sienne. Suivez mes instructions à la lettre. »

Il achevait à peine de parler que nous aperçûmes, au détour de l'avenue, la lueur des lanternes. C'était un élégant landau que celui qui s'avançait vers Briony Lodge. Au moment où il s'arrêtait, un des vagabonds qui flânait dans

dans un cercle d'hommes furieux, luttant les uns contre les autres, se frappant comme des sauvages avec leurs poings et leur bâton. Holmes se jeta dans la mêlée pour protéger la dame, mais juste au moment où il arrivait à elle, il poussa

Il poussa un cri
et tomba par terre.

la rue, se précipita sur la route pour ouvrir la portière dans l'espoir de gagner un sou, mais il fut repoussé brusquement par un autre vagabond qui s'était précipité dans le même but. Une terrible querelle s'ensuivit, querelle qui fut envenimée par deux gardiens de la paix, lesquels prirent parti pour l'un des mendiants, et par le rémouleur qui se rangea avec autant d'ardeur du côté de l'adversaire. L'un d'eux reçut un coup et aussitôt la dame, qui pendant ce temps était descendue de sa voiture, se trouva

un cri et tomba par terre, la figure en sang. Là-dessus les gardiens de la paix prirent leurs jambes à leur cou d'un côté, les vagabonds de l'autre, tandis qu'un certain nombre de personnes d'une catégorie plus élevée, qui avaient observé la bagarre sans y prendre part, se précipitaient au secours de la dame et du monsieur blessé. Irène Adler, comme je l'appellerai encore, s'était hâtée de monter l'escalier, mais elle s'était arrêtée à mi-chemin, sa superbe silhouette se dessinant sur le fond du hall.

et elle s'était retournée pour voir ce qui se passait dans la rue.

— Est-ce que le pauvre monsieur est gravement blessé? demanda-t-elle.

— Il est mort, crièrent plusieurs personnes.

— Non, non, il respire encore, cria un autre. Mais il aura expiré avant d'arriver à l'hôpital.

— C'est un homme très brave, dit une femme. Sans lui, ils auraient sûrement pris la bourse de la dame et sa montre. C'en est une clique et une fameuse, que ces gens-là! Ah! le voilà qui respire.

— Il ne peut pas rester dans la rue. Pouvons-nous le porter chez vous, madame?

— Certainement, mettez-le dans le salon où il y a un sofa confortable. Par ici, je vous prie.

Lentement, solennellement, le blessé fut transporté dans la villa et étendu dans la pièce de réception. De mon poste, près de la fenêtre, j'observais tout ce qui se passait. Les lampes avaient été allumées, mais les volets n'avaient pas été fermés, de sorte que je pouvais voir Holmes étendu sur un lit de repos. Je ne sais s'il fut à ce moment saisi de remords pour la comédie qu'il jouait, mais je sais que pour ma part je ne fus jamais plus honteux de ma vie que lorsque je vis la superbe créature contre laquelle je conspirais prodiguer ses soins au malade avec la grâce et la bonté les plus exquises. Et cependant c'eût été maintenant vis-à-vis de Holmes la trahison la plus noire que de reculer devant la tâche qu'il m'avait confiée. Je m'endurcis le cœur et je tirai la fusée de sous mon ulster. Après tout, pensai-je, nous ne lui faisons aucun mal. Nous l'empêchons seulement de nuire à son prochain.

Holmes s'était dressé sur son séant et je le vis s'agiter comme un homme qui manque d'air. Une femme de chambre courut à la fenêtre et l'ouvrit. Au même moment je vis le blessé lever la main et à ce signal je jetai ma fusée dans la pièce en criant : « Au feu! » J'avais à peine articulé ce cri que toute la foule de spectateurs, les déguenillés comme ceux qui étaient bien mis, les gens comme il faut, les garçons d'écurie, les servantes, tous poussèrent

un grand cri de « Au feu! » Des tourbillons de fumée s'élevèrent dans le salon et sortirent par la fenêtre ouverte. J'eus la vision de gens qui se bousculaient et un moment après j'entendis la voix de Holmes leur affirmant que c'était une fausse alerte. Me frayant un passage dans la foule hurlante, je gagnai en hâte le coin de la rue; dix minutes plus tard je sentais le bras de mon ami s'appuyer sur le mien et j'avais le bonheur de m'éloigner de ce tumulte. Lui marcha vite et en silence pendant quelques minutes jusqu'à ce que nous ayons atteint l'une des rues paisibles qui mènent vers la route d'Edgware.

— Vous avez rempli votre rôle à merveille, docteur, remarqua-t-il. C'est parfait.

— Vous avez la photographie?

— Je sais où elle se trouve.

— Et comment l'avez-vous découverte?

— Elle me l'a montrée, comme je vous l'avais prédit.

— Je ne comprends pas.

— Je n'ai pas l'intention de faire de mystère, dit-il en riant. La chose est bien simple. Vous avez compris naturellement que tous les gens qui se trouvaient dans la rue étaient des complices? Ils étaient tous loués pour l'après-midi.

— Je m'en doutais.

— Lorsque la querelle éclata j'avais déjà préparé dans le creux de ma main un peu de peinture rouge toute fraîche. Je me précipitai en avant, je tombai, j'appliquai ma main sur ma figure et je devins un spectacle lamentable. Le truc n'est pas nouveau.

— J'avais aussi deviné cela.

— Alors ils me portèrent dans la maison. Elle était bien obligée de me recevoir. Comment aurait-elle pu refuser? Et encore elle devait me recevoir dans son salon, précisément là où je soupçonnais que devait se trouver la photographie. Elle était ou là ou dans sa chambre à coucher et j'étais décidé à en avoir le cœur net. On me déposa sur un canapé. Je fis signe que j'avais besoin d'air, ils furent forcés d'ouvrir la fenêtre et vous entrâtes en scène.

— En quoi vous ai-je été utile?

— Votre concours m'a été précieux. Quand une femme croit que le feu est à sa maison, son instinct naturel la porte à se précipiter vers l'objet auquel elle tient le plus. C'est une impulsion irrésistible et j'en ai tiré parti plus d'une fois. Cela m'a servi dans le scandale de la substitution Darlington et dans l'affaire du château d'Arnsworth. Une mère se précipite vers son enfant, une femme non mariée vers ses bijoux. Il me sembla évident que la dame en question n'avait dans sa maison rien de plus précieux que ce que nous cherchions. Il était certain qu'elle devait tâcher à le mettre en lieu sûr. L'alerte de «Au feu !» fut parfaitement simulée. La fumée et les cris étaient faits pour ébranler des nerfs d'acier. L'événement répondit à mon attente : la photographie est dans un renfoncement derrière un panneau mobile juste au-dessus du cordon de sonnette. La dame courut vers la cachette et j'aperçus même l'objet au moment où elle le retirait à moitié. Lorsque je criai que c'était une fausse alerte elle remit la photographie à sa place, jeta un coup d'œil sur la fusée, sortit de la pièce et je ne l'ai pas revue depuis. Je me levai et, avec force excuses, je me retirai. J'hésitai à me procurer immédiatement là photographie ; le cocher venait d'entrer dans le salon et, comme il m'observait, il me sembla prudent de remettre cela à plus tard. Trop de précipitation pourrait tout gâter.

— Et maintenant ? demandai-je.

— Notre tâche est réellement finie. Je passerai demain chez Irène Adler avec le roi et avec vous, si vous voulez bien nous accompagner. On nous introduira dans le salon pour y attendre la dame, mais il est probable que lorsqu'elle apparaîtra elle ne trouvera ni nos personnes ni la photographie. Ce sera une satisfaction pour le roi de la prendre de ses propres mains.

— Et quand irez-vous ?

— A huit heures demain matin. Elle ne

La dame courut vers la cachette.

sera pas encore levée, de sorte que nous serons absolument libres. De plus il n'y a pas un instant à perdre, car ce mariage va amener un changement complet dans sa vie et dans ses habitudes. Il faut que je télégraphie au roi sur l'heure. »

Nous avions atteint Baker street et nous nous étions arrêtés devant la porte. Holmes cherchait sa clef dans sa poche lorsque quelqu'un en passant dit :

— Bonsoir, m'sieu Sherlock Holmes ! »

Il y avait plusieurs personnes sur le trottoir à ce moment-là, mais le salut nous sembla être venu d'un petit jeune homme vêtu d'un ulster qui avait passé très vite à côté de nous.

— J'ai déjà entendu cette voix, dit Holmes, en cherchant à percer l'ombre de la rue mal éclairée. Je me demande qui diable cela peut être ? »

Je passai la nuit à Baker street et nous étions en train de prendre notre café au lait le lendemain matin, lorsque le roi de Bohême fit irruption dans le salon.

— Vous l'avez réellement ? cria-t-il en saisissant Sherlock Holmes par les deux épaules et en le regardant anxieusement dans les yeux.

— Pas encore.

— Mais vous avez de l'espoir ?

— J'ai de l'espoir.

— Alors, venez, je n'y tiens plus.

— Il faut héler un fiacre.

— Non, mon coupé est à la porte.

— Cela simplifie les choses. »

Nous descendîmes lestement et nous reprîmes une fois de plus le chemin de Briony Lodge.

— Irène Adler est mariée, dit Holmes.

— Mariée ? depuis quand ?

— Depuis hier.

— Avec qui ?

— Avec un homme de loi anglais du nom de Norton.

— Elle ne l'aime pas, sûrement pas...

— J'espère que si.

— Et pourquoi cela ?

— Parce que cela éviterait à Votre Majesté tout ennui à l'avenir. Si la dame aime son mari, elle n'aime assurément pas Votre Majesté. Si elle n'aime pas Votre Majesté, il n'y a aucune raison pour qu'elle intervienne dans ses projets.

— C'est vrai. Et cependant ! Eh bien ! Si elle avait été de même condition que moi, quelle reine c'eût été ! »

Il se tut et resta pensif jusqu'à notre arrivée à Serpentine avenue.

La porte de Briony Lodge était ouverte. Une femme âgée se tenait sur les marches. Elle nous regarda descendre du coupé d'un œil sardonique.

— M. Sherlock Holmes, je crois ? dit-elle.

— Je suis M. Holmes, répondit mon compagnon en la regardant d'un air étonné et interrogatif.

— Ah ! vraiment ! ma maîtresse m'a dit que vous viendriez probablement. Elle a pris ce matin à Charing Cross, avec son mari, le train de 5 h. 15 pour le continent.

— Quoi ? »

Holmes chancela, blême de chagrin et de surprise.

— Vous dites qu'elle a quitté l'Angleterre ?

— Pour n'y jamais revenir.

— Et les papiers ? demanda le roi d'une voix rauque. Tout est perdu !

— Nous verrons.

Holmes bouscula la servante et se précipita dans le salon, suivi du roi et de moi-même. Les meubles étaient sens dessus dessous, avec des étagères démontées, des tiroirs ouverts, comme si la dame avait tout saccagé avant de partir. Mon ami courut vers le cordon de sonnette, ouvrit nerveusement un panneau à coulisse et y plongeant la main en tira une photographie et une lettre. La photographie était Irène Adler elle-même en robe de soie ; la lettre était adressée : « A M. Sherlock Holmes. A garder jusqu'à ce qu'on vienne la prendre. » Il l'ouvrit et nous la lûmes tous les trois ensemble. Elle était datée de la veille à minuit et en voici le texte :

« Mon cher monsieur Sherlock Holmes,

« Vous avez admirablement monté votre coup. Vous m'avez mise dedans complètement et jusqu'après le cri de « Au feu ! » je n'ai pas eu le moindre soupçon. Mais ensuite, en pensant à la manière dont je m'étais trahie, je me pris à réfléchir. J'avais été, depuis plusieurs mois, mise en garde contre vous. On m'avait dit que si le roi employait un agent, ce serait certainement vous et votre adresse m'avait été donnée. Et, cependant, malgré tout cela, vous m'avez forcée à révéler ce que vous vouliez savoir. Même après, j'eus des doutes ; je trouvais mal de me méfier d'un bon et naïf pasteur. Vous savez que je suis une actrice de profession ; je m'habille facilement en homme et je profite même souvent de l'indépendance que cela me donne. J'envoyai Jean le cocher vous surveiller, je courus dans ma chambre, je revêtis mon costume de marche, comme je l'appelle, et je redescendis au moment où vous veniez de partir. Alors je vous suivis jusqu'à votre porte et je me convainquis ainsi que j'étais réellement un objet d'intérêt pour le célèbre Sherlock Holmes. Puis, je vous souhaitai le bonsoir, plutôt imprudemment, je l'avoue, et j'allai au Temple voir mon mari.

« Nous avons pensé tous deux que notre seule ressource était la fuite puisque nous allions avoir à lutter contre un si terrible antagoniste, de sorte que vous trouverez le nid vide, lorsque vous viendrez demain. Quant à la photographie, votre client peut être tranquille. J'aime et je suis aimée, et l'homme à qui j'ai voué ma foi vaut mieux que lui. Le roi est libre de faire ce qu'il désire ; ses desseins ne seront pas entravés par celle qu'il a cruellement trompée. Je garde seulement cette image pour ma propre sauvegarde et pour conserver une arme qui me mette toujours à l'abri des démarches qu'il pourrait tenter dans l'avenir. Je laisse une photographie qui lui fera peut-être plaisir, et je suis, cher monsieur Sherlock Holmes, bien sincèrement à vous.

« IRÈNE NORTON, née ADLER ».

— Quelle femme ! oh ! quelle femme ! s'écria le roi de Bohême lorsque nous eûmes tous trois achevé de lire cette épître. Ne vous avais-je pas dit combien elle était vive et décidée? N'aurait-elle pas été une reine admirable? N'est-il pas dommage qu'elle n'ait pas été de mon rang?

— Par ce que j'ai vu de la dame, elle semble n'être pas en effet de même condition que Votre Majesté, dit Holmes froidement. Je regrette de n'avoir pas mené cette affaire à bien.

— Au contraire, cher monsieur, s'écria le roi. Vous avez parfaitement réussi. Je sais que sa parole est inviolable et je suis aussi tranquille sur le sort de cette photographie que si elle eût été brûlée.

— Je suis heureux d'entendre cette affirmation de la bouche de Votre Majesté.

— J'ai contracté une dette immense vis-à-vis de vous. Je vous en prie, dites-moi ce que je dois faire pour vous en remercier. Cette bague...

Il retira de son doigt une bague d'émeraudes disposées en forme de serpent et la posa sur la paume de sa main.

— Votre Majesté a une chose que j'apprécierais bien plus, dit Holmes.

— Dites-moi quoi, je vous en prie!

— Cette photographie.

Le roi le regarda stupéfait.

— La photographie d'Irène? s'écria-t-il, Certainement, si vous la désirez.

— Je remercie Votre Majesté. Alors il n'y a plus rien à faire? J'ai l'honneur de vous saluer. »

Il s'inclina et, s'éloignant sans voir la main que le roi lui tendait, il partit avec moi pour rejoindre son domicile.

Et voilà comment un grand scandale menaça le royaume de Bohême et comment les plans les plus savants de Sherlock Holmes furent déjoués par la finesse et l'intelligence d'une femme. Il se moquait auparavant de l'habileté des femmes, mais depuis il y a renoncé. Et quand il parle d'Irène Adler, ou quand il fait allusion à sa photographie, c'est toujours sous cette dénomination dont il a fait un titre honorable : « La femme. »

TABLE DES MATIÈRES

MEAUX. IMP. CHARAIRE

www.ingramcontent.com/pod-product-compliance
Ingram Content Group UK Ltd.
Pitfield, Milton Keynes, MK11 3LW, UK
UKHW021736090726
13657UKWH00002B/740